王炸 2

居尼尔斯 著

江苏凤凰文艺出版社
JIANGSU PHOENIX LITERATURE AND
ART PUBLISHING, LTD

图书在版编目（CIP）数据

王炸. 2 / 居尼尔斯著. -- 南京 : 江苏凤凰文艺出版社, 2020.5
ISBN 978-7-5594-4283-3

Ⅰ. ①王… Ⅱ. ①居… Ⅲ. ①长篇小说 – 中国 – 当代
Ⅳ. ①I247.5

中国版本图书馆CIP数据核字(2019)第288918号

王炸2 WANG ZHA 2

居尼尔斯 著

责任编辑	李龙姣
监　　制	邓　理
策划编辑	杨　旋
封面设计	杨　平
内文设计	谭琼玉
封面绘制	Nutdream
出版发行	江苏凤凰文艺出版社
	南京市中央路165号，邮编：210009
网　　址	http://www.jswenyi.com
印　　刷	北京盛通印刷股份有限公司
开　　本	889mm × 1194mm 1/32
印　　张	8
字　　数	198千字
版　　次	2020年5月第1版
印　　次	2020年5月第1次印刷
书　　号	ISBN 978-7-5594-4283-3
定　　价	36.80元

目录

CONTENTS

CONTENTS

ON AIR

岛上篇

岛上的生活

ON AIR

（1）

郑迪、陆大鲸和周雾第一天的打工生活录制都很顺利，三人上下班的时间不同，周雾和陆大鲸都是朝九晚五，郑迪朝十晚六。昨晚香烟CP按日薪结了工资，白天一起去超市采购了新食材，周雾和陆大鲸回民宿的时候，两个晚上七点要上班的人正在准备晚餐。傅睿白就是在这个时间点刷到了一条热门消息。

消息来自社交网络，内容简单，是一张郑迪在日玻岛珠宝店工作的朋友圈路透图。该条朋友圈发布的时间是下午两点，到当地时间傍晚五点半，北京时间中午十一点多，转发量已经破万，很多网友在图下留言问是不是周雾的荒岛节目。

这让傅睿白顿感焦虑，一边把图转给台里宣传善后，一边在工作群里问发朋友圈的是谁。节目组的工作人员显然不会发这种图，白天录制时，也没听说郑迪那边有国内游客围观，傅睿白正疑心是跟组的商务人员，就见肖然给她发来私聊。

——对不起，睿白姐。这应该是中午来看郑老师录制的赞助商拍的，我现在立刻联系她删除。

看完消息，傅睿白低声骂了句脏话。这趟录制特地选在日玻岛这种签证申请耗时长的地方，前期物料宣传还刻意把网友往国内相思岛和东南亚几个热门岛屿引导，就是为了避开各路嘉宾的粉丝。这趟录制要持续一个月，嘉宾一旦被围观，节目要的效果绝对出不来。现在好了，千防万防，防了周雾的粉丝，却没想到郑迪那边还能出事，尤其是那条线有四个导演跟着。

想到这些，傅睿白一阵肝火郁结，上岛后，连续几天睡眠加饮食不规律，导致她的例假推迟了两天，整个人时刻处在情绪爆发的边缘。她没有压抑这股情绪，傍晚时分，几乎就在负责郑迪线的几个导演回来的当下，她立刻让龙龙把几个人喊到嘉宾用的备采间。

关上门，傅睿白用尽最后两分钟耐心听完肖然的辩解，冲四人发了一通大火，怒斥道："你们要是做不来，马上收拾行李滚回国。"

傅睿白话说得重，四个女导演，一个哭了，一个摔门走了，还有一个一直低着头，倒是肖然，反应自始至终都很冷静。

傅睿白离开备采间之前对屋里的三人说："我让你们四个跟一条线，其他嘉宾，哪怕周雾都只有一个跟拍导演，你们应该明白是为什么。我本来是想给足你们时间证明自己的能力，没想到才第二天，你们就给我捅出这种极不专业的娄子。对别人，我可以事不过三，你们，下一次就是最后一次。"

傅睿白刚从备采间出来，蹲在墙角的龙龙瞬间蹿出来："睿白姐，放饭了，今晚有你爱吃的土匪猪肝。"

大约是刚刚发泄了一腔怒火，傅睿白只觉小腹一阵刺痛，感觉例假正在路上。导播间不远，她贴着墙边往前走，渐渐闻到浓郁的菜香，临到门口，里面忽然传出整齐的尖叫声。

傅睿白心中疑惑，推开门，里面排排坐着五个女生，都是一手端饭，一手拿筷子，眼巴巴地望着监视器，傅睿白顺着她们的视线望去，立即了然她们在痴迷什么。

开放式厨房的三个拍摄机位里，陆大鲸和周雾正在准备食材，女生们之所以尖叫，是因为陆大鲸刚刚给周雾套上围裙，几台FS7拍摄到的画面，由于没有调色，看起来都灰灰的，可是两人身上独属于年轻人的那份青春感实在鲜嫩得像要溢出屏幕。

“姐，你的饭。”龙龙递来一盒饭，打断了傅睿白被画面“吸走”的神思，同时也引得导播间几个女孩子往她的方向看来。

“睿白姐要坐吗？”任真眼力好，率先起身给她让座，室内已无其他多余的椅子。

“任真姐别动了，我去外面再找把椅子，”龙龙冲任真眨了眨眼，“你们接着看偶像剧吧。”

于是傅睿白重新把目光移回监视器，道：“椎香和薛一颜呢？”

“出去上班了。”赵落樱答道。

“这么快？刚刚不是还在做饭吗？”

“你走蛮久了欸，姐。”豆子一边说还一边盯着监视画面，说话间不自觉地带了口音。

经她提醒，傅睿白抬眸扫了眼屏幕下方的时间，已经六点四十五了，原来她训了她们那么久，怪不得有人哭有人走，那会儿她整个人怒火攻心，根本记不全自己说了什么重话。想到这里，傅睿白感觉脑袋发晕，幸而这时龙龙搬来椅子，她不动声色地坐下，眼看周围的姑娘仍然沉浸在周雾和陆大鲸的美好画面里，也试着静下心来观赏他们的互动。

后来一整段做饭的录制过程，导播间五位女导演实时点评，还都意见不一，傅睿白全程听着，饭都没顾上吃几口。

五人中，豆子代表一派观点："他们就是'兄弟'情，没你们想的那么复杂，两人做顿饭这几十分钟，连个眼神接触都没有，哪来的暧昧。"

赵落樱持另一种观点："周雾有没有暧昧我不知道，大鲸是我跟的嘉宾，她和周雾在一起的氛围可和跟郑老师在一起不一样。你见过孔雀开屏没？雄孔雀为了求偶，用开屏吸引雌孔雀，大鲸姑娘就是这意思。"

任真比较客观："两个长得好看的人，只要同框，自然而然就是偶像剧画风吧？我感觉咱们节目播出去，得有很多投资方想找他们拍言情剧了。"

豆子还是坚持："我们周雾不喜欢大鲸姑娘这款，你们别瞎说。"

赵落樱不服："周雾喜欢哪款跟你说了？"

豆子："总之不是这一款，再说了，他们是同班同学，要在一起早在一起了，何必等在咱们节目的时候。"

这时，任真旁边一个没怎么发表过意见的女生说："我也感觉大鲸和周雾在一起的时候怪怪的，特兴奋，特活泼，不过有没有这种可能，就是，她是演的。"

赵落樱听完奓毛了："演的？为什么是演的？"

"估计以为这样，能弄点绯闻？"

"喊，大鲸才不是这种人，你别阴谋论。"赵落樱说着说着，转头看向傅睿白，"睿白姐，你来评评理。"

对年轻观众喜好的把握，傅睿白一直很相信团队的这群姑娘，所以大部分的讨论，她都不太输出自己的意见。比如此刻，面对赵落樱的询问眼神，她只是淡淡地笑了笑，放下饭盒起身道："之前和周雾本人过方案的时候，我答应过他不在节目里炒CP，但至于观众怎么想，我们控制不了，这会儿你们可以吵你们的，后期故事线给我做好看了就行。"话毕，傅睿白迈步走出导播间，她头昏得厉害，急需呼吸新鲜空气。

室外月明星稀，海风暖热。傅睿白走出民宿，见节目组工作人员三两扎堆，有的在吃饭，有的在抽烟，工作人员看到她，都停下动作点头打招呼。傅睿白怕影响别人，拿出手机，低头看起微信来，好巧不巧，一打开朋友圈，第一条更新来自陈述，他发了一张星空图，定位是一串英文。因为知道他要去智利，傅睿白特地了解过当地的旅游景点，她认出那个地方是阿塔卡马沙漠。

他太少发朋友圈，所以她顺手给他点了个赞。

点完收回手机，傅睿白也不自觉地抬起头看星空，日玻岛的时间比智利晚六个小时，也就是说，现在他那边是凌晨五点，不知道他是不是还在沙漠，他那里的星空比日玻岛壮观太多。

手机突然振动，声音也一并响起，是一通微信视频聊天。傅睿白以为是节目组的工作人员打来的，不疑有他地举起手机，却见屏幕上亮起的是一个熟悉的头像，来自她此刻正想念的人。

就在接通聊天前的毫秒时间内，傅睿白下腹一阵汹涌，连带着太阳穴都神经性刺痛，可她来不及处理这些意外状况，唯恐迟一秒他会挂断，慌忙按了接通。

"看到我发的图了？"这是接通后他的第一句话。

傅睿白担心离民宿太远手机没信号，于是掉头往回走，边走边看他的视频画面："看到了。你还在沙漠？"

“没，沙漠没网，我回酒店发的。”陈述那端画面极不稳定，完全看不清内容。

“怎么样？震撼吗？”他问。

图她没细看，所以只是模糊地应了一声，目光紧紧地粘在手机屏幕上。

“你那边应该还在录吧？”

“对。”傅睿白不想和他聊工作，连忙转移话题，“你信号是不是有问题？画面一直晃。”

“我在走动，给你找个地方。”

“找地方干吗？”

“到了你就知道了。”到这时，傅睿白终于听到他那边传来的脚步声，而她也快走回到民宿。顾虑着不想被人听到她和他的对话，她在外面找了处偏僻的转角，倚着墙，滑坐在了地上。

“到了到了。”手机里陈述的声音再度响起，与此同时，手机画面也终于稳定清晰起来，他切换了摄像头，模糊不清的画质下，傅睿白仍然看出他在给她看天空。

“天快亮了，所以没那么壮观，不过还是能看出来的，这里的星空是彩色的，你见过天文学家们通过无数张快照组接起来的星云图吗？基本就长这样了。阿塔卡马有地球上最干净的星空，星星不只有白色的，还有红色、蓝色。”

他说的几种颜色，透过视频，根本看不清，可听他语气兴奋地说话，衬着周遭静谧的夜色，傅睿白难以自抑地感到鼻子发酸，眼睛发涩，所以也切换了摄像头，不想让他看到。

“在沙漠里看更带感，简直能刷新你的宇宙观，以前听各种物理学家、天文学家讲的什么，我们眼前看到的星星，其实离我们多远多远，动不动几亿光年，你根本没概念，来这里，用高倍望远镜看，你才真的会被触动。”他激动地说到这里，突然叹了口气，“唉，可惜沙漠里没有天文望远镜，智利的天文台都在山脉上，不然还能看到更多，想着我们在这么庞大密集的宇宙体系里只是渺小尘埃，很绝望。”

“绝望？不应该是放下吗？”

手机里看不见陈述的表情，只听得到他的声音，他在听完傅睿白的提问后，短暂地低声笑了。隔了片刻，彼端天色看着隐约要亮起来，陈述说：“与其说是放下，不如说是开阔吧。”

傅睿白始终目不转睛地盯着手机屏幕，这时，顶端弹出一条微信消息，来自豆子——睿白姐你在哪儿？周雾要开始采访了。

傅睿白飞快地把消息滑上去，接过陈述的话：“哪种开阔？”

“心境、视野上……我不重要，说回你，录制……”

“录制也不重要。”傅睿白打断他，“为什么要千方百计给我看阿塔卡马的星空？不怕我多想吗？”她保持冷静的语气问，既然之前已经和他开诚布公坦白过自己的心思，她就不再打算事事矜持。

“多想什么？”他把问题丢回给她。

“多想我们的可能，想你对我是不是不一样，否则你不该这么晚对我做这么暧昧的事。”

陈述那边一时没了声响，要不是屏幕上显示通话正常，傅睿白会以为他断了线，而就在傅睿白反复检查手机信号的时候，他的声音传来：“不知道为什么，在沙漠看到浩瀚星河，我第一个，唯一想到的人就是你。我想，要是这场盛景是我们俩一起看的，该多好，我说不清这种感受是什么，只是见过宇宙的宏大之后，我实在觉得人类的烦恼太不值一提了，我不想压抑自己，所以，你可以多想，好像我也多想了，我确实在做暧昧的事。”

傅睿白的身体自发地给了她一个反应，她流泪了。他出国时打的那通电话没让她哭，这会儿他断断续续的语句却让她莫名地哭了。

傅睿白有些无措，有些慌乱，心里像被塞进一捆捆浸过水的棉花，扎实又柔软的感觉。

她吸了吸鼻子，道："陈述，你把摄像头转过来，我想看看你。"

他很配合地按她的话照做了。

傅睿白看到了他——严格意义上说没有——因为画质太差。可他笑着，眼角眉梢流动着温柔的笑意，一如七年前她第一次见他，第一次在他面前犯错时他脸上的笑意。

"你是不是喝酒了？"她还是没转摄像头，不想展示自己此刻的样子给他。

"嗯，刚回酒店的时候喝了点，没办法，太激动了，根本没法睡。"

"你要睡了，醒来还会记得自己说的话吗？"

"哪部分？"

"你说你不想压抑自己，你说你也多想了——"

"白白，"他笑着打断她，"我只是喝了点酒，没醉。"

傅睿白还想说点什么，手机顶端不断弹出豆子的消息提醒，豆子在疯狂地给她发语音和视频聊天。尽管傅睿白舍不得挂断，可毕竟工作重要，没办法让嘉宾等她，于是她按了按酸胀的大腿，一边扶着墙艰难地从地上起身，一边对陈述说："喝了酒早点休息，我得去忙一会儿，如果你方便，回头可以记得找我吗？"

视频画面里的陈述点了点头："去忙吧。"

他先按了结束通话。

他的笑容从屏幕上消失的那一刻，傅睿白感觉自己的心，空了。

傅睿白迈步往民宿走，经过拐角时心里还想着陈述，一时没防备，被拐角另一侧蹲坐在墙边扔石头的人吓了一大跳。

“你你你，你怎么会在这儿？”她大口大口地喘着气问。

周雾扔出最后一块石头，拍了拍手，往前一步站了起来。

民宿外没有大灯，只有里面透出来的微光，而他站的方向背光，神情看不明晰，但他高高的一个人，直愣愣地站在傅睿白面前，竟无形中给了她巨大的压力，明明受惊的是她，这情形反倒像她做了错事。

“我在等你。”周雾淡淡地说。

“等多久了？”

傅睿白一脸提防地问，她面朝光，神情落在周雾眼里，清楚而分明。

“不重要。”

“为什么不叫我？”

“问他们你在哪儿，”周雾下巴往后一指，是几个工作人员扎堆的位置，“他们喊了你，声音挺大，你没回，我怕你出——”

“那你看见我了为什么不直接叫我，你不知道偷听别人打电话很不礼貌吗？”

傅睿白拔高的语调在她自己意料之外，显然也在周雾意料之外。

他静静地看着她，眼神和表情一样晦暗，完全看不真切。忽然，他低下头：“你刚刚打电话，看上去不希望被打断，至于偷听，对不起，我习惯了被人这样对待，没想过会冒犯你。”

他说话的语气听上去比她还委屈，想到节目录制期间，这个小男孩每天要被好几台摄像机二十四小时跟踪拍摄，而且他的成长过程也一直是在大众的监视下，傅睿白一下子就心软了。

“我不是责怪你，只是，那是我的隐私，我可能有点反应过激了，其实，你如果觉得不方便打断我，可以等一会儿再来的，采访的事，豆子在提醒我，我不会忘记。”傅睿白柔声道，随即抬步回民宿。

周雾在她身侧沉默地走了一会儿。

“抱歉，傅导。”他突然停下步子，“我想坦白，我是故意的，故意听你打电话。”

傅睿白一惊，驻足看向他。临近民宿大门，光线遽亮，男孩眼里的情绪和脸上的神情终于清晰，傅睿白却还是看不透他。

他面色沉静地凝视她：“我想听，很想听，走不动，所以留下来了。”

蓦地，一阵海风吹过来，提醒傅睿白他们此时站的位置并不安全，七八步远的地方就有几个吸烟的摄像聚在一起，似乎在看他们的方向。傅睿白不想在这里和他展开讨论，也不想强行打断他的情绪——她需要他的真实，以便代入待会儿的采访里。

在那个当下，几乎是下意识地，傅睿白动了动右手，抬到一定高度，就在周雾面前——她终于察觉到自己的动作不对劲，连忙收回，尴尬地笑了笑：“对别人的私事好奇心太重，不是一件太好的事。”

周雾垂眸看她的右肩，目光继而落向她的右手，挺长一段时间过去，他没说话，就在傅睿白以为他要开口的时候，他仅仅是笑了笑，意味不明，却足以迷倒众生。

“好，我知道了。”他收起笑容道。

“所以接下来，我们去录备采？”傅睿白小心地问，随后，她迈步走进民宿。

周雾没有回话，一路低头走在她旁边。

民宿里灯光老师正在试光，骤亮的环境令傅睿白忍不住偏头看了周雾一眼，像是预先知道她有这个举动似的，周雾也朝她递来目光。强烈的影视光照射下，他的眼睛里泛着流动的光，看得傅睿白心头一紧，连忙移开视线。

为什么孩子眼里会有那么厚重的委屈?

正式采访照例由豆子负责，傅睿白随同，只是采访一开始，傅睿白就走神了。采访者和被采访者的工作态度都很认真，显得一旁的她极其心不在焉。

傅睿白在脑中回溯今晚和陈述的通话，好像通话结束，她的思路才清晰起来，渐渐品味出他在视频聊天里透露的蛛丝马迹。

她想感谢星辰，感谢宇宙，感谢大自然的神奇力量，让一直在感情上对她滴水不漏的人终于袒露心迹，即使只有蛛丝马迹，她还是有种得偿所愿的感觉，她甚至过早地开始谋划，等这档节目录完，她要先休一个长假，去天涯海角寻他，满足他的期待，陪他环球旅行看海阔天空。

“睿白姐，睿白姐。”眼前一只来回晃动的手打断了傅睿白飘远的神思，是豆子在身边喊她，“在想啥啊?魂不守舍的。”

傅睿白支吾着应了一声，目光掠了眼周雾的方向，清了清嗓子，道：“收工了?”

“对，要换大鲸姑娘了，你还要一起吗?”豆子问。

傅睿白摇头，余光见周雾的助理琼琼进来给他摘麦收拾，便压低声音对豆子道：“我大姨妈，先回酒店眯一会儿。”话毕，她起身要走。

“啊，还有件事，”豆子也站起身，“周雾的工作人员想让我们提供两位安保，说是今天白天行程泄露了，粉丝会好像在组织来岛上探班。”

“来岛上探班?”

“对，琼琼说经纪人也打算过来。”豆子眼珠一转，以手掩嘴，凑近傅睿白，小声道，“估计知道你是岛上的总导演，周女士准备来找麻烦了。”

“岛上签证申请至少需要一个月，让她们来。”傅睿白无所谓地说。

“那安保的事？”

“先搪塞一下吧，目前没这个必要，不是不想请，是一旦请，势必要一碗水端平，每个都要请，数量还得一样，现场人太多太麻烦了。”

“好，我去搞定。”

（2）

酒吧街那边香烟CP的录制还在进行，胡鸾回民宿来替薛一颜拿东西，制片说夜里会下雨，提醒胡鸾顺便带上雨伞。胡鸾收拾完物品，背好背包，沿着墙边往民宿外走，制片的车停在导演组酒店，她得先走去那儿。

就在一处寻常的拐角，周围一群人声量不齐的夜聊中，她清晰地听到一个名字，和名字后携带的一句辱骂性的话，由于太过震惊，她停下了步子，循着声源摸过去。

“……凭什么我们要忍她？我们又不靠她发工资！”离得近些之后，胡鸾听出了声音的主人是谁，吴穹老师团队的女导演，她记得对方姓杜。

“就是，做成功了一档节目，就以为自己了不起，谁不知道她那些脏事，相思岛的时候，妮妮姐都和我们说过了，她不就靠关系上的位吗？早年还没现在这么老的时候，台里挺多领导看上她，谁知道她是和谁睡了才走上今天的位置。”另一个吴老师团队的人说。

“到底是和谁睡了哦？”提问的是男声，胡鸾听着像摄像。

“谁知道呢，没准睡了几个，几十个！”又一个女生说。

“几十个？！”男人惊呼道，“你们女人，对自己真的狠，男人比不过。”

“别把这锅甩给女人，我们也是女人，我们可不靠睡男人，骂女人上位。你们看她，三十岁，没男人，没孩子，内分泌肯定失调，所以脾气才那么臭，以为全天下都欠她，说句不中听的，我倒希望咱们这个节目扑街——”

“别乱讲了，今天确实是我们做错了，认栽。”打断那句诅咒的人，胡鸾很熟悉，因为那不是别人，正是肖然。

“做错了又怎么样，谁没犯过错？至于得理不饶人吗？哎，我就奇怪了，她嘴那么坏，那群手下怎么受得了她？”

“捧臭脚的舔狗呗，没骨头的东西，她也就只有一群下属。你们说说看，一个快三十岁的女人，一个同性的好朋友都没有，全是关系不正常的男性朋友，为什么？人品有问题，绝对的。”

女生话音刚落，随即传来一串男人压低的笑声。胡鸾在旁边听到气到浑身发抖，紧握了几次拳之后，她毅然跨步走过墙角，打算去找他们吵架，不是和某一个人，是和他们一群人，没想到被搭在她肩上的一只手拽了回来。

回过头，胡鸾受惊的尖叫变成一声克制的低吟：“睿、睿白姐？”

傅睿白朝她勾了勾手指，眼神往旁边一瞥，示意她走大路。

胡鸾心思还在那群嚼舌根的人身上，又担心傅睿白知道，最终只能照她的意思做。

大路空旷，酒店近在眼前，傅睿白环抱双臂，看起来似乎很冷。

“身体不舒服吗，睿白姐？”胡鸾问。

“没事，例假而已。”她偏头看向胡鸾，“你刚刚是想去干吗？为我出气还是提醒他们别乱说话？”

胡鸾面上一惊：“你听到了？”

傅睿白云淡风轻地点点头：“听到了，很清楚。”

“他们……”胡鸾脱口而出了两个字，后面的话其实还没斟酌好，于是停顿下来，思量着要怎么安慰她。

“六点多的时候，我骂了她们将近半个小时，我这个人，语速快，骂人也喜欢拿对方七寸，她们忙了一天，回民宿也都累得不行，被我那么骂，确实心里会不好受，她们在我背后说坏话也是应该的，负面情绪这种东西，人人都得发泄。”

“可她们……人身攻击实在太低劣了。”

她比傅睿白本人还着急上火，令傅睿白不由得感到好笑：“为什么你会觉得她们说的是人身攻击，而不是真实情况呢？”

胡鸾大惑不解：“是真实情况？”

傅睿白笑出声来：“还是有几件真实的，比如他们说我快三十岁，没孩子，没男人，内分泌失调，没女闺蜜……都挺对。”

傅睿白的神情看起来好像真的不在意背后的那些坏话，可她复述这些标签的时候，嘴角却挂着一抹自嘲的笑意。

胡鸾不懂，只是很心疼。

“我会认为她们是人身攻击，是因为我有自己的判断和观察，我认为，你的能力足以配得上现在的成就。”说完这些，胡鸾还嫌不够似的，紧接着补充道，“你是我的……可以用饭圈的词来说，你就是我的爱豆。”

傅睿白又笑了，目光闪动地看向胡鸾。

“是因为你在英国留学吗？这种直抒胸臆，不适合东方人表达的话，你说出来好像完全没有违和感。”

胡鸾驻足，神情恳切地说：“我就不希望你因为他们的恶意难过。”

这话说得暖心，傅睿白今晚第二次被迫逃避他人的视线，虽然源于不同的人，他们却有个共同点，都年轻又真诚。过了一会儿，海风送走她感官上的酸涩，她渐渐平静下来，继续慢步前行，想起来问：“这个点你不应该是在酒吧街吗？”

导演组酒店已在近前，胡鸾一眼看到制片组的车，傅睿白提问后，她立刻想起自己还有工作在身，赶忙道：“我回民宿帮颜颜取点东西。”

“有工作还不计后果地要跑去为别人出头，”傅睿白拍了拍小姑娘的肩，“我没看错人。快去吧，别让张天放逮着机会说你。”话毕，她率先一步，往酒店大堂走去。

胡鸾也往制片老师停车的方向走，走着走着，突然想起一件事，又疾步跑回傅睿白面前，拦住她问：“睿白姐，我还有个问题想问你。”

“嗯，什么问题？”傅睿白耐心地道。

胡鸾不好意思地低下头：“开机这几天，我表现一直不好，感觉你有特地疏远我，是不是，我工作上让你失望了？”

傅睿白低声轻笑：“来，你抬起头。”

胡鸾闻言抬头，眼前的睿白姐面带笑容，神情柔和，海风吹拂着，胡鸾感觉她像自己在博物馆里看到的穹顶圣母像。

“我确实刻意和你保持了距离，不过主要是考虑到你和肖然她们的关系，我怕你回国还是想跟吴穹，不想你为难。至于你说我对你工作是不是失望，”海风同样吹散了胡鸾的头发，傅睿白一一替她拨回耳后，“姑娘，你这才工作多久，真要到让我失望的程度，起码得是豆子那个资历才够啊。”

这回，轮到胡鸾眼睛发酸，因为没想到自己被在意的人这样默默善待着。

“这下放心了？”傅睿白微笑着问。

胡鸾猛点头。

“你真的得走了，制片老师等久了也是会发飙的。”话毕，傅睿白伸手暗暗使力，压着她的肩膀往前轻轻推了一把，“去吧。”

“谢谢睿白姐。”转身离开前，胡鸾道。

傅睿白挥挥手，站在原地目送她上车，许多年未曾“造访”的眼泪今天第二次降临，她努力抬眸往天上看，想把眼泪憋回去。顶上的星空在她眼里模糊地涌动着，她在心底感叹：原来他当年对自己的心态，是这样柔软的啊。

(3)

节目组为五位嘉宾的第一个双休日安排了诸多活动，地点都不在主岛，而是在周围群岛。为了确认拍摄场地，导演和摄像一大早就分批赶去了诸岛，胡鸾和其他几个小导演被豆子带着在民宿留守，届时和嘉宾一起出发。

上午十点多，岛上天气突变，大片乌云遮蔽了天空，工作人员临时从当地气象局获知，未来三个小时内有暴雨。由此，嘉宾的行程耽搁下来，同时，那些提前去群岛做准备的工作人员暂时也回不来。

大暴雨“矜持”了半个多小时才终于落到地面。

导播间里，豆子神色困倦，一脸随时可能睡着的状态，其实胡鸾也很困，昨晚跟嘉宾录制，凌晨三点才回酒店睡觉，今早八点又赶来民宿盯现场。屋外轰隆雷声此起彼伏，豆子似乎再也撑不下去，耷拉着眼皮悄声叮嘱胡鸾：“我先眯一会儿，周雾出来你叫醒我。”

胡鸾点点头，视线转向监视画面，她负责监听的嘉宾是薛一颜。和胡鸾一样，薛一颜昨晚也工作到凌晨，却是嘉宾中第二早起的人。薛一颜吃完早餐时，客厅里只有郑老师坐在沙发上看新闻，她陪郑老师聊了一会儿天气和出行，随后背着吉他到阳台，在长椅上坐下来。

阳台监视镜头显示，薛一颜在练吉他，胡鸾耳机里传来的琴声混着雨声，显得很轻。她原本听得惬意，猛地被导播间里两道放肆的笑声打断，循声望去，见郑老师的两位跟拍导演正低头凑在一起打游戏，她们其中一位姓杜，是那天夜里带头辱骂傅睿白的女生，另一位也是当晚的参与人，她们都隶属于吴穹团队。胡鸾看了眼趴在桌子上睡觉的豆子，又看了看大笑的两人，在她们第三次大声说话时，胡鸾忍不住拉动椅子凑近她们，压低声音道：“你们小点声。”

打游戏的两人明显听到了胡鸾的提醒，可她们看起来并不想理会，连个简单的眼神都没有回应。

胡鸾僵在当场深觉尴尬，只好默默地退回原地，心里那道转过千遍的念头更加坚定：回国后，她要选傅睿白。

岛上暴雨如注，时针指向十一点时，阳台门口突然出现一个人，胡鸾见到他，立刻一激灵，连忙伸手拍醒豆子。

阳台仅有的监视画面中，周雾在长椅的另一端坐下，豆子从迷蒙的睡意中惊醒，一看监视器，整个人登时活了起来。胡鸾见她眼疾手快地在桌上一堆杂物中准确摸出对讲机，急道：“音频老师音频老师，嘉宾在阳台，你去看下，麦是不是出了问题，还是外面雨太大，我这边听不清他们讲话，等一下，你不要走出去，会穿帮。——欸？声音好像正常了，是你那边的问题，不是嘉宾麦的问题，你现在不要过去了，就在背后待着吧。”

事实上，胡鸾之前也发现薛一颜那边的声音有点小，可豆子条件反射般的反应让她意识到自己没有解决问题的主观能动性。为此，胡鸾在心中自责了一番。

“五号机的摄像老师，你要不直接去外面吧？我要周雾和薛一颜的全景，最好能带上雨景，哎，你不要走阳台啊，正门绕一下，不要破坏嘉宾聊天的氛围跟情绪，淋雨？你等等——”豆子转过头往杜清的方向看，“喂，你们俩，不要都在这儿，去个人，帮摄像老师拿下雨罩。”

豆子一句安排下去，杜清和她身边的女生立刻交换了一道眼神。

“我们是导演，不是助理。”杜清懒洋洋地说，不打算接这个任务。

豆子闻言脸色一变：“现场要是有别人我会喊你吗？”

“你不会喊胡鸾——”

“我喊的就是你，不要说别人，再问你一遍，摄像需要换拍摄位置，走不开去拿雨衣雨罩，你们两个人听一条线，能不能去个人帮拿下？”

“我们是吴老师——”

“好，可以。”豆子不动声色地打断她的话，转而拿起对讲机，“摄像老师你听到了吧？我们这边有两位公主，吴老师团队来的，有空打游戏没空管你们，你要么路过的时候找个制片帮下忙，晚上总导演回来，我找她反映下情况，你一定要给我当个人证。”

豆子话音刚落，杜清旁边的姑娘瞬间站起身，头也不回地出门去了。她拉椅子的声音很刺耳，导播间的导演们都听得清楚，除了杜清，其余几人都是一脸的不认同。

对于这番火药味极浓的往来对话，坐在豆子旁边的胡鸾听得心惊胆战，不知道是不是因为身份不同，豆子姐和睿白姐对吴老师团队的几个人态度很不相同，从最终效果上看，豆子姐的招比睿白姐有效多了。胡鸾心中受教，悄悄在笔记本上写下一行字：发现问题之后，需要及时解决。怕不够警示似的，她把句尾句号划掉，改成了三道粗壮的感叹号。

“嘘嘘嘘，你们不要一起说话，我这边有情况了。”豆子突然对着对讲机里的技术工作人员说。

胡鸾戴着监听耳机监听薛一颜，豆子监听周雾，也就是说，整个导播间里，只有她俩听得见阳台上这段对话是什么。两位嘉宾一开始聊的其实是天气，就在导播间里豆子力挫杜清她们之后，薛一颜给周雾弹唱了一小段英文歌。

“好听。”周雾仰靠在长椅上，五号摄像老师拍摄到的画面里，周雾的视线指向屋檐下的雨线。

“*Killing Me Softly With His Song.*”薛一颜道，“五六岁还是六七岁的时候，在家里听过一张邓丽君的碟，里面全是她翻唱的各种英文歌，我最喜欢这首，小时候一直以为她是原唱，到高中才偶然听到原唱Lori Lieberman的版本，当时整个人被惊艳得不行。今天下雨，突然想起这首歌，就唱了，这歌听起来是不是很伤感？”

五号机位的摄像老师换拍摄位置后，又有一位摄像去了他旁边，负责特写机位，所以胡鸾可以从监视器上看得分明，周雾的视线虽然在雨线上，眼神却明显飘去了很远。对薛一颜的提问，他只淡淡地回了个“嗯”字。

“不好意思啊，是不是不该给你唱这么有年代感的歌？要不我给你换个欢快的，你这个年纪听过的——”

“*Killing Me Softly with His Song*，原唱是Lori，把这首歌唱红的却是一位黑人女歌手，我不记得她的名字，但我记得她凭借这首歌拿了格莱美，国内外很多人翻唱过。”

薛一颜显见地面露惊讶。

周雾神色分毫未变：“我很喜欢听音乐。”

“真的？”

“真的。我小时候也学过乐器，可惜没坚持下来。”

“我以为……”

“以为我年纪小，很无知，对吧？”

“不完全是这样，我们住在一起也有四天了，以我的观察，你是个挺有想法的小男孩。”

“小男孩就不要了，我只比你小三岁。”

“我心理年龄可能比你大三十岁。”薛一颜揶揄道。

周雾伸手摊放在后脑勺，以一个极其舒展却又像精心设计过的随意姿势仰躺着。

“女人是不是都很在意年龄？”他问。

“以我的有限观察，是的。”

“为什么？”

“大概因为女人的保鲜期很短，光彩又自信的年份不长吧。还有社会的原因，男人们不都喜欢小姑娘，水嫩的那种吗？”

周雾听得很认真，短暂思考过后，他嘴角向下一扯，浮现出一个略带一丝嘲弄的微笑。

“我喜欢大姑娘。”他满脸淡定地说。

他的回答把薛一颜逗得笑出声来，也让导播间的豆子忍不住尖叫了一声。

薛一颜扭头看向周雾，似是想从他脸上读出什么：“你对大姑娘的定义是？”

“成熟，独立，有脑子。”周雾的斟酌时间很短，回答时面色很沉静。

薛一颜点点头，陷入沉默。

“我记得你有一个姐姐，而且你的经纪人——”她礼貌地停顿下来。

“我没有恋母情结。”周雾用开玩笑的语气接过她的话，大约是在表示他并不介意薛一颜提及这些。

他的话再度让薛一颜失笑，顿了顿，她问：“为什么喜欢大姑娘？如果不想说可以不用回答。”

周雾沉默了一会儿，反问她：“你为什么喜欢椎香哥？”

对这个问题，薛一颜的反应很坦然：“他很吸引我，满足我喜欢一个人的前提条件吧，要往后说的话，那可能要进入列举优点的环节了，会很肉麻。”她说话的语速很舒缓。

周雾微笑着看了她一眼。

“我以为你会喜欢大鲸那种性格爽朗可爱的女孩子。”薛一颜道。

“喜欢。”

“答得这么爽快？”

“讨厌的人，我不会打交道。”周雾一脸淡然地说，“她是我朋友。”

“所以你的意思是，你对她的喜欢是朋友——啊等等，我们现在在录节目，这种话题可以聊吧？”薛一颜提醒道。

“可以可以！大不了录完我们不播！”监视器前的豆子急不可耐地隔空接过薛一颜的话，胡鸾注意到，豆子满眼都是紧张的期待，完全一副想听八卦的反应。

监视器里，长椅上仰躺着的少年耸了耸肩：“我无所谓。”

“你的粉丝有所谓吧？你不担心她们会攻击大鲸吗？”

“你和椎香哥在一起，他会担心粉丝攻击你吗？”

“你的反侦察意识很强啊。”薛一颜笑着说，“我和椎香在一起，只要我没关系，他不会担心。”

“陆大鲸不是我女朋友，也犯不着担心。”

“那万一她是你——”

“没万一。”周雾果断地说，随后他坐直身体，右手往前，搭住了阳台栏杆，整个人上半身趴伏在这只手上，侧仰着头看雨幕。

为了拍摄好看，摄像在之前就把特写机位调到一个合适的位置，恰好让院子里的芭蕉叶成为镜头里虚化的前景，所以当周雾往前探头时，他的整张脸都在屏幕上放到巨大，美好得像画报封面，直看得胡鸾和豆子双双倒吸一口冷气。胡鸾往后的动作太大，甚至带出了椅子摩擦地面的巨大声响。

“一颜姐。”少年凝视着雨景喊道。

“嗯。”他身后的薛一颜抱着吉他轻应了一声。

“我要怎么做，才能马上长大十岁啊？”

薛一颜拨吉他的手一顿，眼神流转间，仿佛透过周雾的提问悟到了什么，随后，她垂眸笑了笑：“办法我倒有一个。”

“什么办法？”周雾转过头去看她，语气中的兴奋值明显高了。

“你是演员，应该比我更懂，怎么向她集中展现自己成熟的一面。”

“向谁？”

薛一颜俏皮地耸了耸肩：“我可不知道。”

这一段过后，两人没有再聊这个话题，豆子许久等不到后文，气得一掌拍在桌上，不只是她，胡鸾也有些遗憾，此前全然没有意识到周雾已经到了可以谈恋爱的年纪，而且竟然喜欢年上的？！

（4）

嘉宾们打工生活的第一个周末在断断续续的雷雨中度过，节目组安排给他们的各类户外活动通通没派上用场。

傅睿白周六在主岛附近的太沙岛滞留了七个小时，例假加淋雨，隔天就感冒了，一堆速效药吃下去，直接在酒店躺到天昏地暗。

节目组方面，豆子代她安排工作，周末时间，嘉宾不出门，突发状况比较少，还能应付过来。然而周一下午，傅睿白感冒症状将好未好之际，她原本坐在民宿休息，和张天放聊周末那段琐碎的日常怎么剪，龙龙突然面色苍白地冲进导播间，丢下一句“睿白姐，你怎么不看手机”，二话不说就拉了她往外走。

颐立果的车照旧停在门口，等傅睿白上车，龙龙才转过头来解释：“周雾那边出事了。”

傅睿白没插话，低头一边看手机一边静静地等他说下文。

“来了个岛民，好像是流浪汉，找周雾要了一杯咖啡，没付钱就走，周雾拦了他一下，他就把咖啡泼周雾身上了。”

“热咖啡？”傅睿白急急地拎出关键信息。

“不是热的，所以人没受伤，豆子姐她们已经报了警。最关键的不是这个，关键是，这家便利店外面都被周雾的粉丝包围了，好多带大炮来偷拍的，埋伏在外面，赶都赶不走，豆子姐担心她们会把这事外传。”

“粉丝？她们怎么来的？”

“不知道，这事还没问清楚，豆子姐现在被夹击，周雾的宣传和助理一直在说她，外面粉丝好像也在闹事。”

傅睿白猛搓太阳穴，抑制感冒后期不良症状：“周雾现在什么情况？”

“不知道，助理不让豆子姐和他对话。”

“艺统和周霭呢？”

“也刚知道这消息，在往便利店赶呢。”

“艺统的车谁负责？”傅睿白视线转向颐立果。

颐立果飞快地从后视镜里看了她一眼，说：“是方老师。”

“联系下他，不管他用什么办法，尽量开慢点，保证我们先到。”

“好，马上。”龙龙道。

便利店很快到了，上周还是孤零零的一个蓝色小房子，今天外面已经围了不少人，警车停在门外，遥遥望去，能看见几个穿警服的高大身影。傅睿白坐在车上没敢动，怕周雾的工作人员冲上来拉她扯皮，观望超市外的状况时，她也同时在搜肠刮肚地想解决办法。

末了，抱着试一试的态度，她给周雾发了条微信：你在哪儿？

这是上岛后傅睿白第一次给他发微信，主要是怕录制期间镜头带到，造成不必要的麻烦。周雾很专业，她没主动发消息，他也一样。

等待周雾回消息的间隙，傅睿白再度翻阅起其他工作群的聊天记录。刚刚在来便利店的途中，她只简单地浏览了一次，此刻再看，每蹦出一条新情况，她的面色都会凝重一分。

琼琼之前向豆子提出需要安保人员，傅睿白建议豆子敷衍过去，现在被周雾方以此为由，要求终止拍摄，并赔偿艺人损失。节目所有嘉宾的合同中，和周雾工作室的合同律师改得最多，有些条款早已面目全非，傅睿白为了抢拍摄进度，好几则都没细究，到现下，她都无法预料最坏的情况是什么。

周雾的回复来得比她预想中快。

——海边。

——便利店后面。

他给她发了两条，地点很具体，傅睿白来不及多想，赶紧抬手回：一个人吗？还是工作人员陪着？

——一个人。

傅睿白：我可以过去找你吗？

——你一个人

他这则消息后面没有标点，傅睿白不确定是问句还是祈使句，想了想，还是当问句回复他：对，我只有一个人。

——好。

收到这条，傅睿白一颗提着的心终于放下来，他愿意在这个时候见自己，代表结果还有转圜的余地。

傅睿白让颐立果把车悄悄开到海滩上，暂时远离便利店外的人群。这片海域不是景点，海岸线上一眼望不到人，傅睿白下车张望了一圈，在一丛矮小的海边植物旁看到一个白色身影。

傅睿白让颐立果和龙龙等在原地，独自小心翼翼地朝身影走去。

周雾坐在矮树下扔石头，没有对傅睿白的到来做任何反应，哪怕一道发现她的眼神。傅睿白预感这通聊天不会顺利，心道，如果他真的打算中途退出录制，她也尊重他的意愿。不过在此之前，她会尽足人事，而后听天命。

她在周雾身边的大石旁坐下，和他维持相同的姿势看海。

静静地坐了大约五分钟后，她率先开口："在这儿待很久了吗？"

"不知道，没有戴表。"

"对不起。"见他愿意接话，傅睿白赶紧道歉，"是我们没做好周全的工作，我的疏忽。"

周雾仍在悠闲地扔石头，频次不多，扔得也不远，他似乎很享受这项游戏，并没有停下来的打算。

"那个人是你们安排的吗？"

"什么？"

"我说那个泼我咖啡的人，"周雾沉静地说，"是你们安排的吗？"

未防他会问这个，傅睿白听完面色一震："怎么会？"语调起码拔高了一个八度。

"既然不是你们安排的，没必要道歉。"手边已经没有可供他扔出去的石头，周雾不得不低下头重新寻找石头储量丰富的地方，因此，他往傅睿白身边坐近了些，"意外随时可能发生。"

傅睿白对他的说法有些惊讶："你是这么想的吗？还是……"

"傅导认为我是怎么想的？"

傅睿白一直凝视着他，自然看到他提问时皱起的眉头，把不准他心情的好坏，她心下不由得一紧，道：“你的工作人员正在向导演组追责，我想，今天这场意外，你的经纪人应该已经知道了，我不太清楚她预备追究我们什么责任，索要什么结果，不过无论是什么，我都可以接受。我来找你，是想……”

“想问我打算怎么做？”

“对。”

“你希望我怎么做？”

“不说我的，说你的。”

“所以你找我，只是想从我这里听一个结果。”

傅睿白顿住，一时辨不明他冷淡语句中的隐藏含义。思忖片刻，她回道：“我确实想从你这里听一个结果，但如果你愿意和我说更多，我非常乐意听，无限奉陪。”

“比如？”

“比如你为什么一个人坐在这里扔石头，比如那个人是不是让你难过了，你都可以跟我说。”

周雾闻言停下扔石头的动作，隔了半晌，他微微抬头往天空的方向看：“其实我自己也不是很明白，”他转过头来看傅睿白，眼神中透着混沌的迷茫，“明明知道这是个意外，像世界上有人喜欢你一样，也会有人讨厌你，但我还是不明白，他为什么要攻击我。”

傅睿白被他的眼神刺中，心中无限柔情溢出，恍惚间，她忘了自己此行的目的，好像那些东西不再重要，眼下，这个男孩，他的困惑比较重要。

他给自己下蛊了吗？傅睿白猛地把自己的思绪拉回来。

“是不是被吓到了？”傅睿白柔声问。

周雾点头：“太突然了。”

“我听说咖啡不是热的，所以，没有受伤吧？”

周雾摇头。

傅睿白斟酌着措辞道：“尽管我没见到那个人，但我相信，事实绝不是你说的，他是因为讨厌你才攻击你。至于真相到底是什么，警察在调查，晚点我们会知道结果，而且从我个人来说，结果是什么，也许不重要，来自陌生人的恶意是不需要我们去理解的，不值得。”

她说话的时候，周雾始终静静地看着她，许久，他忽然转回头看海。

“便利店你如果不想待，接下来的录制，我们可以换其他安全的场地，要是你连节目都不想录，我可以立刻让人安排你和你的工作人员回国。”傅睿白补充道。

“这是我经纪人的意思吗？”

“也许是，也许她想要的比这更糟糕，不过现在，你的感受比较重要。”

周雾低下头。

“我知道这是你——傅导你的官方说辞，可是怎么办？我想相信你说的。”说到这里，他轻笑了一声，线条流畅的侧脸因为承载了这个笑容而满布自嘲意味，“我姐，我妈，她们都知道我出事了，没人问我的感受，你是第一个。”

海风吹动矮树的树枝，发出轻盈而细微的摩擦声，傅睿白很费力地从中捕捉到他越来越低的声音，终是忍不住伸手，本想拍拍他的头，理智将她的手带向少年的肩膀，于是她只是拍了拍他的肩。

“她们要应付其他人，你的工作人员，我的工作人员，你的粉丝，还有那么多可能的社交关系……说起来，你的粉丝倒是很在意你的感受，她们现在都在外面为你维权呢。”

周雾脸上嘲讽意味更甚。

“她们在意的，应该是她们想象中我的感受。”

“平时你会思考这么多吗？”

“这需要思考吗？”

他的反应很快，倒令傅睿白语塞，顿了顿，她说：“我以为大部分明星都很享受粉丝的追捧和喜爱，不太想这些有的没的。”

“假如你身边所有的人，尤其是你的家人，每天在你耳边说，你这么做粉丝不喜欢，那么做粉丝不喜欢，只让你做粉丝喜欢的事，你还会享受粉丝的追捧和喜爱吗？”

傅睿白极力忍耐着海风吹拂带来的不适——她的感冒还没好彻底——耐心地听他说完后，她默默地吸了吸鼻子：“很抱歉，一直以来我对你的判断太武断了，这个时代，被追捧和喜爱淹没的人太多，我几乎没有从另一个方向想过，你还这么年轻，看起来这么单纯，我就想当然地以为——”

“以为我是小孩子。”周雾接过她的话，“那么傅导，你现在还觉得我是小孩子吗？”他还是低着头，只是抬起眼来看她，目光中透着与他这个年纪无关的锐利。

傅睿白认命地摇头：“你提醒了我，你已经是出道十多年的‘成熟’艺人了，不说见过大风大浪，起码的人情世故，你应该见多了，我不该还把你当小孩。”

“不多。”他的语气回归正常，“我妈管我管得紧，另一种意义上，也是保护我，所以我愿意按她期待的做。”

“我明白。”

两人相对沉默了小片刻。

“节目继续录下去吧，傅导。”周雾突然说，“还在这里，不换地方，我想看你剪的，”他停顿了一会儿，又说：“你剪的我。”

这段话后，傅睿白是发自内心地无法再把周雾当小朋友了，不只因为他给了她一个期待的结果，更因为他在身边，离她很近很近，近到她无法忽视他的存在。即使按他自己说的，大部分时候他在做母亲要求的、粉丝要求的那个他，但那层厚重的东西完全没有压制住属于他的自我。

到这时，傅睿白才陡然意识到，为什么过去和他的沟通常常超出她的掌控，答案很简单，他拥有一个非常完整而独立的自我，难以真正被人控制的自我。

“好，我说过剪给你看。”傅睿白微笑着说，“绝不食言。”

和周雾聊完，傅睿白紧接着拉艺统和周霭做了一番沟通，对周霭承诺安排两位当地安保给周雾后，这位性格爽朗大方的姑娘没有再对这事表示纠结，至于周雾工作人员里直接归周海杏管的那几位，傅睿白交给了豆子和艺统处理。

傅睿白想当然地觉得这档事应该可以就此结束了，但她低估了周雾粉丝的能力。即使岛上这批粉丝不过是从海外赶来的留学生，她们仍然战斗力爆表。

日玻岛当地时间十九点，也就是北京时间下午一点，周雾在日玻岛被攻击的新闻上了热搜，粉丝拍到的照片在社交媒体上疯转，荒岛节目组自然而然被推到风口浪尖。

傅睿白记得，大概是从香烟CP离开民宿，出发去酒吧街上班开始，她的微信消息、电话通通没停过，有圈内朋友，也有媒体朋友，她不断地重复回应他们的各类提问，最后实在忍无可忍，干脆发了一条朋友圈，不再单独回复任何人。

——人没事，节目还在录，谢谢各位朋友关心。

章茜的电话在预期之中到来，怕和章茜吵得厉害，傅睿白躲去备采间接电话，进门前，她还特地叮嘱龙龙别让人进来。

结果这通电话比预期中结束得早，前后用了不到五分钟。傅睿白原以为自己会和她吵，无奈喉咙发痒，总想咳嗽，抵不住章茜那股强烈想“教育”她的欲望，最终是安静地听完章茜全盘的数落。

挂断电话，小备采间的窗外陡然升起一轮大月亮，傅睿白四肢乏力，摸着墙边滑坐在了左后方的藤椅上，她打算坐在这里眯一会儿，可惜还没进入睡前阶段，一则微信视频聊天突然弹出来。

傅睿白拿起手机，准备拒绝，一看来电头像，伸出去按拒绝的手指陡然停了下来。

她没有接视频聊天，转成了语音。

“喂？”陈述的探问里带着小心翼翼。

传到傅睿白这里，莫名地刺激出她喉口的一缕酸涩，她自我感觉矫情。

“白白？”

“我在。”

“还好吗？我看到热搜，你们出道歉声明了，所以情况怎么样？”

傅睿白用力吞了口口水，以掩饰自己沙哑的嗓音：“还好，你还在智利吗？这个点……”她重新看了眼手机屏幕，心算了一遍时差，难以置信，“你那儿是凌晨？”

“四点多，还好，我在阿根廷。”陈述语气平淡，静了静，他的声音再度传来，“你嗓子怎么回事？感冒？”

傅睿白下意识地张口接话，忽然心头一酸，想起下午周雾说她是第一个问他感受的人，陈述是第一个问她感受的人。

“真生病了？”陈述又问。

“还好，病完了。”

“不是被热搜这事弄病的？”

“不是，没那么严重。”

“章茜找你了？”

“嗯。”

“说什么了？”

“能说什么？马后炮吧，说我不该把吴穹逼出团队，经验不足，捅这种娄子，让全频道给我擦屁股，勒令我再出事就收拾东西回国，就这些。”

“没一句是新鲜的。宣传和广告中心呢，也找你了？”

“我让副导演和他们对了。”

“你老实告诉我，情况到底有多糟？”

“多糟谈不上，第一次上热搜，找我的人是真的多，我手机现在还插着充电宝。”

陈述沉默了一会儿，他忽然说：“视频吧，我好久没看见你了。”

傅睿白勉力压下他清清淡淡一句话在她心里引起的震荡，道：“前几天不是才视频过？”

“有吗？我记忆存储空间不够，有点记不清了。”

“二十三号，我们录制第一天，你在阿塔卡马沙漠，我们视频过。”

“啊，对，那天我喝了酒。”

“所以那天的事你忘了？”

“哪部分？”

“你——算了，我早知道你会忘。”傅睿白认命地看窗外月光，喉间止不住溢出一串咳嗽，她的反应太大了。

“吃过药了吗？”他问。

他这么问，傅睿白一点被关心的感动都没有，她只是很生气，为什么自己要这样被他掌控，于是答非所问：“陈述，我可以接受我们俩无疾而终，但如果你总是越界在先，之后都像没事人那样抽身，只会让我——”

“白白，”他打断她，“可以别提醒我想这些吗？我不想保持理智，太要命……我现在只是，想见你。”

傅睿白伸手遮住自己的眼睛，她受不了，受不了他陌生的示弱语气，受不了他说她梦寐以求想听到的专属于情人之间的话。

“记不记得我们一起看的《一代宗师》，里头说‘见自己，见天地，见众生’，当时我们讨论过，为什么顺序是这样，为什么是先见自己，那时候你跟我争，你说天地间‘自己’最大，最难找，也最难面对，所以先见‘自己’，才有下一步，我不知道你哪儿来的这些……”他悠远的声音停在这里，大约是一时找不到合适的词语说下去，没多久，他终于找到形容词，“先见之明。”

傅睿白由衷地笑出了声。说不清楚是多巴胺极速分泌后产生的冲动还是其他，她忽然伸手挂断了语音聊天，转而给他发去一个视频聊天，怕他看不清自己，她还顺手打开手电筒，照得黑暗的房间一角明亮。

陈述那边一团漆黑，什么都看不清。

傅睿白以为自己没摆好位置，反复移动手机屏幕，整个人也往前凑过去，直到彼端传来一阵低沉的笑声，她才明白对面是有意为之。

“不公平，为什么不让我看你？”

“没刮胡子，仪容不佳，理由合理。”

“照你这么说，我病体初愈，形容憔悴，你也不该看。”傅睿白说话间就要去关摄像头，陈述出言制止了她。

“别，过几天要进亚马孙，有段时间用不了手机。”

傅睿白关摄像头的手收回，心情在瞬间由平静变得起伏：“去多久？”

“没准，可能三四天，也可能七八天，当地向导带我们进去。”

傅睿白不知道该说什么，有些呼之欲出的试探在此刻显得做作，她不想问，又不想就这么算了。

“章茜那边，你注意冷静，别在这时候和她硬碰硬，她不是一个大度的人。”

“我知道。”

“至于其他人，你的做法是对的，担子别一个人背，傻。”

“嗯。”

“周雾……”说到这位人气明星，陈述犯了难，“这倒是个棘手的，主要我也不懂现在的粉丝群体，按理说，你们节目还没播，提前带点热度挺好，怕就怕被热度反噬，管理不好，还得出事。”

“谢谢陈老师教诲。”傅睿白耷拉着眼皮说，神情是显见的讽刺。

陈述乐了：“这表情是不耐烦？”

傅睿白不置可否，不料喉咙倏地一痒，末了，一声咳嗽接了他的话。

“你这感冒还没好透，别再着凉，事情处理完就回酒店休息，适当地放权，也让下面人有点成长空间。”

“也没见你什么时候给过我成长空间。”

“我——”他停顿许久，忽而沉声，“也是，明明知道你精明能干，雷厉风行，那么多人喊你睿白姐，我还是改不了，总担心你出事，大半生为人操心的鸡零狗碎都放你身上了，牵肠挂肚——用这个成语准确。”

“我能认为你是……”这个问句傅睿白没问完，问不出口。

“我是。”他果断地接过她的话，“早点休息，我挂了？”

他句尾的疑问很难得，反而令傅睿白犹犹豫豫起来，脑中飞快地想着，还有什么话没说，还有什么问题没问，得赶在他挂之前问完，可惜，心越急，人越慌，巴巴地想了半晌，愣是一个字都想不出来。

“挂了吧。”傅睿白抬眸看向摄像头，没等他回答，抢先按了挂断。

手电筒的光还亮着，傅睿白没注意，手机一挪开，她便遥望起窗外的月亮来，奇怪的是，前不久还清冷得像个大冰块的东西，此刻再看，却像颗火热的球，直钻到人心里来。

(5)

警方的调查结果很快出来，用咖啡攻击周雾的中年男子是日玻岛岛民，精神状况不太稳定，常年靠政府救济金生活。

警方通报，他的攻击不包含任何与种族、国别有关或者其他蓄意的动机，只是源于丧失正常行为逻辑而引发了伤害行为。

节目组将这一则通报发布出去不到半小时，社交媒体上立刻形成一面倒的反馈。网友斥责节目组没有做好艺人保全工作，对此，台里宣传中心和艺统卢红都向周雾工作室发出请求，希望他们也出面澄清此事。

然而到通报发出四十八小时，周雾工作室没有在任何场合接过节目组的回应，自然也没有帮忙澄清“事故”。

周雾在打工时遇袭的“事故”给整个节目组都带来影响，首要便是艺人的安全问题，制片组为每位艺人都聘请了安保，香烟CP因为是一同出行，共用两位安保，然而，在香烟CP驻唱的酒吧，安保的作用几乎是形同虚设。

周雾“事故”的余波还不仅限于此，薛一颜和椎香驻唱的酒吧原本很少出现中国人，自从周雾粉丝将周雾的行程发布在社交媒体上，香烟CP的粉丝也很快循迹而来。

这一天傍晚，酒吧还没开业，门口就站了一排自带各种摄影设备的粉丝。胡鸾提前到了现场，完全被这阵仗吓坏了，不只是她，酒吧老板也是一脸震惊。

当然，酒吧需要营业和客流，老板自然不会赶走客人，反倒是胡鸾，看着人群，实在有些束手无策。和还在民宿等嘉宾一起出门的张天放沟通之后，胡鸾拉了制片和灯光老师，打算去疏散人群，以保证现场拍摄效果。然而疏散过程非常艰难，没有一位粉丝愿意走。

相较于胡鸾礼貌请求离开的语句，她们的回复都很粗暴，但偏偏还很讲理：

“等一下午了，你有什么资格要我们走？”

“我们来看香烟，又不是看你们节目，关你们屁事。”

“我去酒吧是消费，老板都不管，你们管得着吗？”

“凭什么外国人可以进我们不能进？你们就是这么对同胞的吗？”

“……”

胡鸾百口莫辩。

初步“劝退”无果，胡鸾很快选了另一条解决方式。

“艺人这边马上要到了，我们不拦你们进去，但可不可以拜托，不要拍照和录视频？”

“凭什么啊？”队伍中有人大声道，“你们未免管得太宽了吧？”

她一说话，其他粉丝立刻响应，众口一词。

胡鸾努力让自己保持冷静，还是态度很好地说：“里面很暗，你们拍照用闪光灯会影响艺人工作，而且，录视频会泄露节目内容——”

“我们不会用闪光灯，也没说视频会外传，你们至于把我们像贼一样防着吗？”粉丝队伍中的“意见领袖”气势汹汹地道。

“对不起，我没有那个意思。”

这时候，胡鸾感觉右侧一道阴影袭来，随后，有一只手搭在她肩膀上，安抚性地拍了拍。

胡鸾偏过头，只见张天放走上前：“拍照可以，录视频也可以，你们要是不外传，现场不影响拍摄，怎么都可以。不过，我们的摄像机会全程录制，你们在酒吧里做的事也会记录进去，我相信你们不会让我们为难，毕竟录进节目里，播出去，你们的行为，都得偶像买单。我想，你们也不会希望因为你们，椎香或者颜颜被其他人辱骂吧？”

张天放的话很有用，起先还战斗力爆表的粉丝队伍顷刻间安静下来，一番交相传递的面面相觑后，依旧是那位“意见领袖”代表发言：“行，我们待会儿可以保持安静，不给你们添麻烦，你们也别一副把我们当无知脑残粉的样子。”

张天放微笑摇头，表示不会，回头朝胡鸾递了个“搞定”的眼色。胡鸾勉强回了他一个微笑，心道，什么时候她才能独当一面啊！

事实证明，张天放的话很有用，当晚录制到凌晨，香烟CP的粉丝全程安静听歌，除了偶尔有不合时宜的应援声之外，没有再出过其他岔子。录制结束，胡鸾紧绷了几个小时的神经终于放松。

放监视器的小黑屋是在艺人休息室旁另设的，旁边就是通往酒吧外的后门，趁摄像老师准备做备采的间隙，张天放起身打开后门，让凌晨的岛风吹进来，倚着门点了根烟。

“这反应，是被掏空了？”

他的声音自胡鸾侧后方传来，胡鸾坐在厂商的物料箱子上，撑着下巴扭头去看他，见他眯着眼瞧自己，手伸向外抖烟灰。

“有点。”胡鸾老实地道，“放哥，你做节目几年了？”

“有七八年了，二〇一〇年年底入的行。”

“可你不是比睿白姐小吗？”

“谁说我比她小？”张天放探出头吸了口烟，“哦，她是我上级就比我大啊？你这小姑娘，思维方式怎么这么简单呢？”

胡鸾耸了耸肩：“您说的是。”

“傅睿白定性好，做节目七年，只待了两个项目——啊不，现在是第三个，我和她不一样，我喜欢新鲜，不喜欢老待在一个地方，也不喜欢管事。”

“那你待过几个项目？”

“猜猜。”

“七个？一年一个？”

张天放笑着摇头：“十三个。”

胡鸾睁大眼睛，满脸惊讶，她很快用心算解出，他平均一年两个项目：“怪不得你那么轻松就搞定那群粉丝，专家！”

“没你说的那么厉害，工作久了，这些你很快就能学会，做节目，无非搞清几道关系。咱们是制作团队，一道是和甲方、广告商的关系，另外就是和嘉宾、艺人的关系，做头部项目，跟流量艺人，好处大，麻烦也多，你每天多看点娱乐资讯，了解粉丝的心理，再摸清楚艺人脾性，问题差不多就能找到解决套路，万变也不离其宗。”

胡鸾点头表示受教。张天放烟抽完，酒吧内场摄像和灯光刚好也就位，他走上前落座时，伸手拍了拍胡鸾的头顶，带出一缕淡淡的烟味。

“哎？稀奇了！今天摸你头，你怎么没鬼吼鬼叫的？”张天放语带促狭意味地问。

胡鸾撇了撇嘴：“算付你学费吧。”

“这就给学费了？那我再给你多掏点货，你不得以身相许了？”

“别瞎扯了，放哥。”

胡鸾话音一落，张天放戴监听耳机的手倏地停下，眼神瞬间变得认真。

“话说……我这个人，特别吝啬，入行七八年没带过新人，你是第一个，教你也不为别的，至于为什么，你总不会不懂吧？”

胡鸾故意不看他，视线牢牢地盯在监视器上，语气疏离：“摄像老师等您说开始呢，放哥。”

今日份的备采很快结束，张天放照常跟艺人走，胡鸾留下整理物料。平常，都是她和一位姓徐的制片大哥一起，今天，徐大哥没来。张天放前脚刚走，小黑屋旁的后门外突然蹿进来一个人，胡鸾站起身，还没来得及消化看到来人的惊讶，就被他一下拉出后门。

外面月明星稀，海风和畅。他拉着胡鸾的手腕向西走了五六步，随即放开她，一脸严肃地说：“他跟你表白，你不懂？”

“谁？”

“张天放。”

胡鸾花了一段时间理解他话里的上下文。

“你偷听我们说话了？”她正色反问道。

“你们开着门，我犯得着偷听吗？”

“那你为啥不进来？”

“进去我还听得到你俩互诉衷肠吗？”酒吧后街霓虹灯闪耀，照得颐立果整张脸都透着气急败坏，反而把胡鸾看乐了。

胡鸾一乐，颐立果不乐意了，抬手就往她头上一拍，动作大，吓得胡鸾闭上眼，差点以为他要打人，没想到他收着力道，落在她头顶的手掌只是轻轻擦过。

“学费？挺能想啊你，被人吃豆腐还给人数钱。”

他越说越过，胡鸾慢慢收起开玩笑的神色，道：“你这是干吗？好像我做了什么道德败坏的事，张天放是我领导，一向对我很照顾，你别乱说话。”

“所以呢，他问你的，什么为什么对你好，带的第一个人什么的，问你懂不懂，你懂吗？回答我。”

“为什么要回答你？你和赵落樱打情骂俏，为什么？我让你回答我了吗？”

颐立果被她激得哑口无言，专注的眼神死死地盯着她，胡鸾也不示弱，大喇喇地瞪回去。僵持了半晌，颐立果忽然转身向后走了几步，胡鸾为了彰显自己的霸气，眼神跟着他动，步子也随之移动。

两人换了个位置对峙，胡鸾背靠墙，颐立果面向她。

突然，颐立果缓缓抬起右手，甩了甩，胡鸾以为他又想动手，皱起眉头道：“你想干吗？”

颐立果没说话，一掌压在胡鸾身后的墙上，胡鸾下意识地后退，就这样，被他牢牢锁在手臂与墙之间。

“信不信我收拾你？”颐立果凑近她的脸，咬牙切齿地说。

他突然说狠话，倒激起胡鸾的反抗欲，她先是伸手想推他，颐立果眼疾手快，提前抓住了她的手，胡鸾转而伸腿，也被颐立果识破，两人活动空间狭窄，都靠身体本能在“搏斗”，颐立果大概起先没打算和她来真的，几次来回过后，胡鸾整个人彻底被他锁死了。

眼见颐立果把她两只手绕后压在墙上，她终于认命地摇头：“力量悬殊，打不过，放我一马。”

颐立果也摇了摇头，嘴角还挂着一抹得胜的笑意：“没那么容易。”

“你还真想收拾我？”

对这个问题，颐立果不置可否，胡鸾感觉到他的手在她身后忙碌，越发不明所以，道：“喂，颐立果！你到底想干吗？”

约莫十几秒时间过去，胡鸾明白过来他在“忙碌”什么，她的手还是被他抓着，很紧，几乎动不了，可与此同时，他竟然还空出一只手来，他甚至用那只刚腾出来的手炫耀似的在胡鸾眼前晃了晃，不，不只是晃了晃，他用那只手捏住了胡鸾的下颌。

“你再不放开我，我要生气了。”胡鸾试图威胁他。

“我轻一点。”颐立果道。

“我错了。”

“错在哪里？”颐立果突然逼近她，大约是为了和胡鸾的视线齐平，他微微倾了身，“哥教你一个道理，千万不要和男人硬拼力气，生物进化加生理构造决定了，你拼不过。”

“回国我立马练搏击。”

“搏击也没用，你记住，真正危险的时候，脑子清醒比什么都重要。”

“你打算跟我讨论女性——”

胡鸾一腔话没能说完，因为颐立果捏住了她的腮帮子，使她的嘴被迫张成“O”形。

“对不起。”盯了胡鸾半晌，颐立果忽然道了个歉，而后，他的脑袋也耷拉下去，捏她腮帮子的手自然而然松开，伴随着一声漫长的叹息，“有些事情我本来想等回国再说的。”

胡鸾飞快活动了一遍口腔肌肉，急道：“那就回国说！”

“等不到回国了。”

“等得到。”

“那我可能会先气死。”颐立果半弓着身子，头在胡鸾肩膀右侧，没有和她对视，“我每天提心吊胆，总怕你被人……抢走。”

“啥？”

“郑迪、张天放、老徐……那么多人，吃醋很累的。”他语调缓慢地说。

其实刚刚他说有些话回国说的时候，胡鸾就想到可能会是表白，她没想到的是，他竟然会说吃醋很累？而且，还一副很委屈的样子？明明她才是那个正被他“欺负”的人啊！

周遭光线时暗时亮，并不集中，胡鸾因而不用担心脸红提前泄露心迹。她努力让自己冷静，所以没有接话。隔了半晌，颐立果的声音从身侧传来：“你不给点反应吗？”

“你看着我说话行不行？”

“不行，我很紧张。”

“那你放开我。”

“不放。”

“我手被你压得很痛。”

这句话很有效，颐立果立刻站直身体，压她手的力道瞬时松了，胡鸾也没想挣开，便继续由他压着。只是这会儿，颐立果好歹是和她对视了。胡鸾看着他，他也看着她，几分钟前，他们的对视是较劲，此刻，分明有了别的含义。

“就跟你说不能看你。”颐立果匆忙移开视线，头重新回到胡鸾肩膀右侧，“我长这么大，都是别人先跟我表白。”

胡鸾闻言偷偷笑了：“你说你本来打算回国说，咋想的？”

“耽误工作吧，你看你，多么上进的一位小年轻，我在这时候把你拖进儿女私情的泥潭里，多不合适啊。”

“不合适你不是也说了？”

“所以说，冲动是魔鬼啊。”

“你到底为什么不肯放开我？”一直被他压着，感觉气势低了许多，胡鸾不由得动了动双手，想试探下他的防范意识，结果证明，他防范得很好。

“想听真话还是假话？”

“这还有必要说假话吗？”胡鸾大惊道。

“当然，说真话怕你生气。”

“我不生气。”

“真的？”

“哎！你快说！”胡鸾不耐烦地说。

“好不容易抓着你，想做点坏事，舍不得放开。”颐立果语气真诚地道。

他的话引得胡鸾做了一些联想，导致她下意识地吞了一口口水。她认为这个身体反应比颐立果的话更羞耻，由衷地希望他没有察觉。

“你吞口水了？”右侧传来的声音打破了她的美好愿景。

“我没有。”胡鸾立刻否认。

颐立果抬起头，整张脸重回胡鸾的视线范围，此时他脸上的笑意和以往胡鸾见到的都不同，掺杂着一丝分外鲜明且坚毅的男性魅力。在那个当下，胡鸾觉得，他只要开口说任何一句话都会破坏那股魅力，并且破坏当时的意境，打破她所有的期待。

巧的是，颐立果似乎也这么认为。他没有再多说一个字，只是头一低，吻住了她。

日玻岛凌晨的夜色美妙，颐立果开窗透着风，胡鸾坐在副驾驶，认真而又含蓄地回味酒吧后门墙上那个绵长的吻。

最初，她其实和颐立果想的一样，即使和他之间已经只剩一层窗户纸，她还是想着，要等节目录完再捅破。可是，人生总有意外，计划之外的意外，有时候真的很动人。

“张天放，你到底打算怎么办？”

好的，胡鸾的回味到此结束！她定了定神，道：“我记得这件事我们之前就讨论过，他是我导师，没做什么出格的事，我——”

“还要怎么出格？你能不能让他不要老拍你头？”

“好，我下次严正抗议一下。”

“他如果跟你表白——”

“我就拒绝。”胡鸾打断他，“但在他表白之前，我不想因为这些事影响工作，他身上有很多值得我学习的地方。”

颐立果从后视镜里看她：“你怎么不问我？”

“问什么？”

“什么时候注意到你之类的，那种每个女生都要问的问题。”

“好，我问你，你什么时候注意到我的？”

“你这语气，听起来不是真的想知道。”

胡鸾无奈地摊了摊手，她其实还没从和他接吻的余韵中缓过来，根本没多余的精力想那么多。

毕竟，他的吻，真的很甜啊。

（6）

对付岛上各路粉丝的差事，傅睿白交给了王曦。

按理说，王曦是制片主任，不需要负责录制时的清场，可她手下有个叫颐立果的干将，极其擅长料理这些事，不用白不用，傅睿白把龙龙都支出去给他当“助手”了。

基于这项安排，后面几天的录制还算稳当，第二周周末来了一位飞行嘉宾，岛上天气好，第一周周末的出行计划终于在这时候派上用场。

出行前一晚，导演组听说周雾粉丝提前在录制地点租了快艇，怕跟录的粉丝出意外，傅睿白录制这天跟的是周雾和陆大鲸这条线，嘉宾十点出发，她十点已经到了录制地点，皮皮提岛。

根据前期导演在这座岛上的踩点，嘉宾能在岛上玩的项目很多，环岛自行车、吉普车、水上滑翔机、礁湖之旅、潜水等等，嘉宾可以自由选择，节目组唯一硬性安排给他们的只有落日巡航这一项。导演组前一晚的会议上，豆子一再向众人强调，周雾和陆大鲸这一组的周末之行，必须往偶像剧的画风上拍。

傅睿白却是到亲自踏上皮皮提岛，摘下墨镜三百六十度张望了一遍之后，才真正从心里同意了豆子的要求。

原因很简单，这座岛太美了。

为了录制顺利，傅睿白特地把颐立果和龙龙带在身边，经过这一周和粉丝的密切相处，颐立果已经成功“打入”岛上周雾粉丝的内部，她们提前租快艇的消息也是颐立果问来的。龙龙颜值比颐立果差许多，倒也和粉丝们成了朋友，就是在粉丝那儿说话没有颐立果管用。为此，龙龙很不服气，来皮皮提岛的一整路都在抱怨粉丝颜控。

傅睿白一路听着，未发一言，最后实在受不了他的聒噪，忍不住道：“你真觉得自己和颐立果的差距只有长相？”

“不然还有什么？”

“你真要听？”

“睿白姐但说无妨。”龙龙动作浮夸地拱了拱手。

三人下船后同行，傅睿白走中间，两个男孩分别走在她两侧。龙龙说完后，傅睿白转头看了眼颐立果，颐立果感知到她的视线，也抬起头回应她的目光，并附赠了一个礼貌的微笑，两个酒窝可爱得恰到好处。

傅睿白冲他笑了笑，转而对龙龙说：“他就比你清楚什么时候该保持安静。”

龙龙的脸瞬间垮了，傅睿白看着好笑，突然想到赵落樱，又问颐立果：“你有没有女朋友？”

“他没有。”龙龙抢答，“不过有在追的妹子。”

“啊？”

“还没追上，哈哈。”

傅睿白狐疑地看向颐立果，见他一脸淡定，不由得打趣道：“这表情可不像没追上，妹子我认识吗？”

“认识！”龙龙再次抢答。

“刘生龙你话真的多。”颐立果道，语气中隐有威胁。

龙龙闻言朝傅睿白吐了吐舌头："不怪我，是他不让我说。"

"行，我不多问，只一句，这妹子是赵落樱吗？"

"不是。"颐立果立刻答道。

傅睿白点点头，心下惋惜地叹了口气，这么优质的男孩子，不知道便宜了哪个女孩，可惜赵落樱是没有这个福气了。

后来的拍摄，颐立果照旧是忠实的"后备保障"，周雾粉丝果然租了快艇来应援偶像，海上录制，粉丝影响拍摄是其次，她们所有人的安全才是大隐患，得亏颐立果和龙龙全程坐在她们的艇上，不然后果实在难以预计。

因为粉丝的出现，傅睿白这一整天提心吊胆，几乎没放过心，制片组送来的午饭和晚饭，她都只扒拉了几口。下午跟拍环岛吉普车时，鞋子里灌满了沙子她也没发现，直到晚上打板收工，嘉宾各自回了岛上酒店，她才觉察到脚下磨得难受，于是从制片组那里要了一双给嘉宾准备的夹脚拖，去酒店外游客用的水龙头处冲洗。

洗到一半，地上一道阴影移过来，傅睿白抬头见到来人，吓了好一大跳，冲沙子的动作停下，愣了半晌，终于问出去一句话："你来是？"

"找你。"

傅睿白关掉水龙头："找我有事？"

"没事。"周雾摇头道，"很多天没见了。"

"没啊，我天天见你。"傅睿白笑着接他的话。

"不是我。"

他不假思索的回答令傅睿白短暂愣住。便利店出事后，周雾的工作人员把他看得很紧，几乎到了寸步不离的地步，她为了避嫌，也不太找他，连微信都不敢发。原以为和他的关系会自此疏远，倒没想到他会在这样的深夜独自来找她。

傅睿白斟酌了半晌说辞，回头瞥了眼自己刚换下的脏鞋，料想这个时间点应该不会有人过来，遂重开水龙头洗手，道："是不是无聊了，想找我聊聊天？"

周雾没有回答，隔了一段时间，他那边传出模糊的一声"嗯"。

傅睿白引他往酒店后面的椰林小路走，这里僻静，不像海边人多，方便谈话。傅睿白想，虽然不知道他找自己是什么原因，他会选在这个时间点来，总归是有事，不管是心事还是别的什么，傅睿白都愿意陪他聊聊。

可惜，她没能等到周雾吐露心事，因为两人刚拐进酒店后方的椰林小道，傅睿白立刻就被一个突如其来的声音吸引了全部注意力。

那个声音她很熟悉，杜清，她本来是郑迪的跟拍导演，由于今天周雾和陆大鲸这条线缺人手，被拨来支援。此时此刻，她的声音在距傅睿白很近的地方响起，照旧是一口粗鄙的吐槽语气，只是她吐槽的对象不再是傅睿白。

"陈述就是和老台长有一腿，我听不止一个人说过，说他床上活儿好，讨女领导喜欢，前期在台里才混得那么好的。"

"陈述不是和章总吗？怎么又扯到老台长身上去了。"另外有人问。

"这一部分没章总的事，就是老台长，你以为他后来为什么被打进冷宫还离职，章总都不救他？不就因为老台长退了吗——"

"傅导，你怎么了？"

近在耳边的清脆声音打断了傅睿白的入神，她发现自己穿人字拖的脚在不受控制地发抖，勉强抬起头看周雾，神志全是混沌的，脑中来来回回都是杜清攻击陈述的那些话。

眼前周雾定定地看着她，像某种暗含磁场的介质，渐渐将傅睿白的感官拉了回来，听觉率先回归后，她察觉到周围的声音不止杜清她们，只是她对“陈述”二字敏感，所以特别注意到这道混杂在一众喧闹里的声音。

思及此，傅睿白费力压下心底即将喷发的愤怒，慢慢地道：“对不起，今天不能陪你散心了，我还有点事要处理，你可以先回去休息吗？”

周雾未发一言，看她的眼神中隐有探究的意味，那目光锐利而又透彻，傅睿白怕被他看出端倪，慌忙抬手掠头发，仓促道：“需要我送你吗？”

“不用了。”周雾平静地说，“你先忙。”话毕，他没有多停留，转过身，默默沿来时的路离去。

傅睿白目送他的身影在别墅酒店的拐角消失，这才定了定神，循着杜清声音传来的方向走过去。毫不夸张地说，傅睿白此行，做足了充分的战斗准备，她想，她得让她，或者他们，滚蛋。

杜清就坐在隔壁一栋别墅酒店西侧的长椅上，傅睿白出现的时候，她旁边坐着的人先发出了一声受惊的尖叫，傅睿白一眼扫过去，看到五个人，两个摄像，吴穹团队两个女导演，包括杜清，还有一个让傅睿白意想不到的人。

“睿白姐。”任真缓缓从长椅上起身道。

“你怎么在这儿？”傅睿白满腔的怒气在看到她时哑火了。

“我，我跟完大鲸的备采——”话没说完，任真便停住了。

“陈述是我的导师，这件事你知道吧？”傅睿白问。

任真从起身开始一直低着头，听到傅睿白的问话，她点了点头。

“所以，听别人造他的谣有意思吗？”

“傅睿白，你有什么——”

“不好意思，还没轮到你。”傅睿白余光看见杜清站起身，一副要维护任真的样子，便抢在前面打断了她的话。

“你跟我来一下吧。”傅睿白对任真说。

任真没有拒绝，沉默地跟了过来。身后那几个人还在小声说着什么，傅睿白没听，她的脑子里跑马灯似的闪过很多画面，关于任真的异常之处，只是越搜肠刮肚地想，心越凉。

原来被亲近的人背叛是这种糟糕的滋味。

傅睿白把任真带到一处隐蔽的角落，她们周围只有高大的椰子树，和椰子树垂下来的阴影。月光正盛，两人之间隔着三两步的距离，彼此都看不到对方的细微神情。

傅睿白在等她先开口。

一阵海风吹过，地上树影摇曳，傅睿白凝视着那点动静，许久，她听到任真的声音：“我错了，睿白姐。”

“嗯？哪里错了？”

“不该和杜清她们一起，我也是……本来和摄像大哥在闲聊，杜清她们冲完凉，就来了，她们……”

“所以这是你第一次加入她们？”

任真立刻点头：“我中途想走的，可实在是……”

“或者你觉得，我去问问杜清，我问她，如果和我说关于你的实话可以不用背太多责任，你觉得她会不会告诉我更多真相？”任真闻言垂下头，她的这个动作浇灭了傅睿白心里最后一缕期待。

“什么时候开始的？”傅睿白冷声问。

“开始……什么？”任真语气模糊，显见的心虚。

“什么时候开始喜欢听人背后说我坏话的？”

“睿白姐，我没有——”

“需要我给你捋时间线吗？”

任真受惊抬头，这下傅睿白看得清楚，她脸色惨白。

“申请机场拍摄许可的处理周期，我问了旅游局，他们说处理周期最慢是十个工作日，可以申请加急。”傅睿白语气冷淡地道，“你选了最慢。”

“我，我不知道有加急。”

“今天以前，你说这话我会信，今天以后，对不起，你说的话我都不信，你希望我让龙龙还是豆子去查这事？你应该知道这不难。或者还是你主动告诉我事实？”

任真陷入长久的沉默。

傅睿白渐渐失去耐心，道：“你要是真不想说，可以不说，今天太晚，我没什么精神在这儿跟你耗着，明天我会找制片同事安排你回国，后续的人事安排，我全交给豆子处理——”

“我没有，我没有故意害过你！”任真打断道。

慢慢地，傅睿白听到她吸鼻子的声音，再接着，是她哽咽的嗓音：“我只是，我只是不服气，不明白，我比赵落樱来得早，经验比她多，年纪比她大，为什么我要做她的助手，什么都听她安排？为什么你不肯信任我？明明我和豆子是一辈的，赵落樱那么花痴，除了会吹捧你，说你爱听的讨你欢心，到底哪里比我好？”

听她这话，傅睿白太阳穴的青筋暴跳，她不得不环抱起双臂，耐心地给自己按压舒缓。确认任真抱怨完毕，她接过话道：“谁说赵落樱比你好？我说过？还是豆子说的？”

任真低头不语，吸鼻子的声音越来越重。

晚上在杜清的圈子里看到她，给傅睿白造成的打击太大，以至于傅睿白无法确认她的啜泣是源自懊悔还是惺惺作态。

和她一样，傅睿白也给了自己一段思考的时间：“我让你申请拍摄许可，让你对接宣传、推广，让你做一些外部团队联系的事情，包括见各个广告商……这些我没让赵落樱做，你知道吗任真，我想培养你往制片人的方向发展，这部分工作哪怕是豆子也没接触过，我觉得你的性格更沉稳，周全，赵落樱开朗，交际能力强，对明星很了解，比你更适合做执行导演，我没有偏心过任何人。”

任真没有接话，啜泣的声音渐轻，大约是在认真听傅睿白说话。

“我不知道你为什么宁愿选择背叛我，也不愿意提前和我沟通，你应该知道，只要你问，我会给你答复的，我对自己带出来的人都这样。”

任真依旧低着头。良久，她说：“申请机场拍摄许可的事情我承认，是我没有用心做，疏忽了，我不是故意要给你添麻烦，我确实不止一次听杜清在背后骂你，但我没有说过你坏话，一次都没有，至于陈述，陈老师——”

“行了，到此为止吧。”傅睿白闭了闭眼，“我状态不好，再说下去我怕我会说狠话，你从《脱逃》开始一直跟着我，这么多年，情分还在，我不想闹得不欢而散。”

一句“不欢而散”瞬间令任真抬起头，她看傅睿白的眼神里满是难以置信：“你要……我走？”

傅睿白不打算正面回答这个问题：“回国再处理吧，我们都需要冷静一段时间。”话毕，她转身拐进小道，路边野草擦过她的脚，她想起自己还落在水龙头处的那双鞋，兀自摇了摇头，不得不返回，经过任真站着的地方——她还愣在那里。

傅睿白径直往酒店走去，走近了，听到水声，她加快几步拐过墙角，见前方蹲坐着一个人。

那人看见她，拍拍手从地上起身，走过来关上了水龙头。

傅睿白惊问：“你在等我？”

周雾点头：“想到你会来拿鞋，就在这里等了。”

傅睿白心中惊讶更甚，想不出他等自己的理由，低头扫了一眼自己的鞋，又看了看他刚关的水龙头，道：“在玩水啊？”

“玩水？”

“对，看你开着水龙头。”

“我开得很小，”周雾轻声说，“有声音，听不到你们说话。”

“这样啊。”傅睿白对他的回答有些意外，倾身拿起鞋子，抬步往别墅酒店走，“专门等我，是有事吧？”

“没事。”

“啊？”

周雾在傅睿白身边走着，他步速慢，带得她也慢下来。少年的目光投向海岸，过了一会儿，他说：“晚上发生的事，我还是听到了，很抱歉。”

傅睿白没料到话题还能回到这儿，愣了愣，道：“听到哪个部分？”

“陈述。”他答得飞快，引得傅睿白没来由地心慌意乱，“上次在民宿外面，和傅导视频聊天的人也是他，对吧？”

“周雾，这是我的私事。”

“没关系，你不用回答。”

他语气骤冷，致使两人间的气氛瞬间冷却，酒店就在右前方两三步距离内，可他似乎一点回酒店的打算都没有，仍然步履不停地朝前走去，傅睿白念头几度回转，终是选择将鞋子放在酒店门口的木台阶下，沉默地走过去与他并行。

当地时间快到凌晨十二点，海边依然很多游客，眼见周雾快走到人群密集处，傅睿白忍不住开口制止：“太晚了，周围没有安保，那边人多，我怕有你粉丝。”

周雾因言停下步子，高高的身影转过来，和傅睿白面对面站着。熟悉又陌生的压力袭来，傅睿白无法预知他的语言行为，怕精力不济，招架不住，只好先迈开步子，道：“走这边吧。”她沿酒店边缘无人的方向领他走。

余光感知到周雾在身边，傅睿白担心两人一整晚的氛围都太紧绷，还是主动问：“在想什么？”

“在想，傅导什么时候才肯把我当朋友。”

傅睿白心跳一顿，强烈的愧疚感朝她扑来。周雾把委屈的语气拿捏得太好，一分不多，一分不少，比起龙龙浮夸粗劣的演绎，周雾的语言表达能力可能已臻化境，想到他是演员，台词课是基础，不由得对他的表演状态感到好奇，思及此，傅睿白想，回去得把他的作品——起码是cut版——看一看。

海风拂面，带来海洋的味道，傅睿白猛吸了一口气，道：“这么想知道我的事？”

“嗯。”

“为什么？”

“就想知道，没什么原因。”

“在你的社交圈里，我这种人应该很普通，实在没什么值得好奇的地方吧？”

“不，你很特别。”

“怎么个特别呢？”他冷不丁的一句评价听得傅睿白来了兴趣——这是上岛以来，她头一次对关于自己的话题感兴趣，大抵是他看起来太真诚，而人又都不能免俗地喜欢听到赞美。

“很难形容，我语文成绩不好。”

“那你怎么考进的电影学院？我的意思是，文化课。”

“数学好。”

“真的假的？”

“真的。”

“考了多少分？”

“你想知道？”

“还挺好奇的。”

“如果告诉你答案，可以交换一个问题吗？”

“你先说是什么问题。”

“傅导单身吗？”

“你猜呢？”

周雾终于也移转视线来看她：“《脱逃》第一期的时候，豆子说你单身。”

“你太关注我了，要是我还年轻几岁，会误会的。”

“误会什么？”

“误会你关注我的原因啊，不过你说没什么原因，又挺正常。”

周雾沉默了片刻，傅睿白余光见他抬起头看远方天空，随后，他动听的声音传来：“我只是，想不出什么样的人会讨你欢心。”

傅睿白停下步子，心脏像莫名其妙中了一箭，猝不及防，所以感受很极致。这一晚，经历了任真的事，她始终感觉心里空落落的，好像身体里面也有风在吹，感到一阵一阵的凉意，然后她被周雾突如其来的一句话击中，这才感觉自己那颗心还在原位。

“讨我欢心，在你看来，很难吗？”她问。

周雾小幅度摇了摇头：“你没有给我机会知道。”

“听你的语气，好像在抱怨。”傅睿白打趣道。

“没错。”周雾浑不在意地耸了耸肩，“我对你一向很坦诚，你对我却总是很防备。”

傅睿白花了一段时间消化他的话，两人这时已经走进别墅旁特别开辟的椰林小道，小道两旁的椰树高大又茂盛，有些枝叶大的，重得几乎快要垂到地上来。定了定神，傅睿白坦诚道：“我不是对你防备，只是工作习惯，我不喜欢和别人说太多自己的私事，给别人添麻烦是其一，影响工作，后果更糟糕。”

“傅导喜欢你的工作吗？”

“喜欢。”傅睿白道，转念想起他说自己防备他，又连忙补充，“最初是觉得这份工作很适合我，最近几年，是发自内心喜欢这个行业。你呢？喜欢当明星吗？”

“我喜欢拍戏。”

“那就是喜欢当演员了，之前备采问你，你好像不大愿意说这些。”

“不一样。采访是对别人说，现在是对你。”

傅睿白摇摇头，失笑道：“你真的很会撩妹了，得亏我定力强，不然要鬼迷心窍的，难怪你能笼络那么多粉丝，还都是优质粉丝，就比如岛上这群，我做节目这么多年，头一回看粉丝包船包艇追星。”

“傅导这是讽刺吗？”

“怎么是讽刺？分明是羡慕，可惜我这把年纪，注定没法体会你，或者你粉丝的那种热情了。”

“这把年纪……”周雾一字一顿地复述了这四个字。

“对什么都提不起热情的年纪，说起来挺遗憾，我长这么大，没追过星。”热情都用在苦恋陈述上了。

“我也没有追过。”

“你？”傅睿白被他孩子气的话逗得哭笑不得，“你自己就是星啊。”

周雾闻言，突然抬起头，伸手一指，往天空的方向：“那才是星吧。”

他手指星空的样子格外认真，煞有介事，透着一股与他本人气质极其不符的，憨厚的可爱，傅睿白看着他，禁不住笑了，由衷地笑了。

椰林小道走到尽头，取而代之的是一块小小的水域，大抵是海浪扑过来短暂形成的浅水滩，没人发现，自然也没人在此停留欣赏。

傅睿白视线往前，看到连着浅水滩的礁石滩，礁石大小不一，实在不便行走，浅滩左侧是正常的沙滩路，远远可以望见海边游客，虽然那也是回酒店的路，但人多，还是不方便。

思及此，傅睿白默默地叹了口气，提出建议：“咱们原路回？”

周雾摇头，在傅睿白的目光凝视下，忽然就地蹲了下去。

傅睿白见他从沙地上摸出一块体积接近乒乓球大小的石头，径直朝前面的浅水区扔去，她不明白他的用意，正疑惑间，身下蹲着的少年扬起头来看她，椰林小道的路灯照亮了他的脸，孩子眼中泛着狡黠的光。

“傅导夜跑吗？”

“夜跑……什么？”

周雾的目光落在她的脚上："你穿人字拖，跑步会不会容易摔？"

附近路灯光芒很盛，他隔这么近盯着她的脚看，傅睿白有些不好意思，下意识地缩了缩脚指头，又感觉这样动作太明显，于是慌忙道："摔不至于，慢慢跑就行了，不过你的意思是，咱们要跑回去？"

周雾隔了很久才把落在她脚上的视线移开。

"嗯！"他拍了拍手起身，"你不是怕有粉丝吗？跑得快，她们看不到。"

"这太冒险了，你对自己出众的长相是不是没什么概念？"

"哈哈，"周雾转过头来看她，眼里有着晶亮的笑意，"傅导在夸我。"

傅导被他生动的语气和笑意感染，也笑道："所以听话，咱们按原路返回。"话毕，傅睿白掉头要走——

手腕在瞬间被人抓住，傅睿白疑惑地看了眼自己的手，又疑惑地想问他打算干什么，只不过她还没反应过来，就被一股大力带着跑了起来，海风送来前方少年的声音："傅导别怕，我拉着你，你要是摔，我能接着。"

他拉着她跑，并没选干燥的道路，而是直接踏进浅水滩，溅起一路水花，起先，傅睿白被他这意外的举动惊得不行，很想强行喊停，可当浅水区跑完，周雾速度明显慢下来时，她反倒觉得不尽兴了。

尽管她的一只人字拖早在下水第一秒就不见，身上衣服也因为蹚水而湿了大半，她还是果断地，反拉了周雾的手，欢快地往真正的大海跑去。

傅睿白不知道有没有周雾的粉丝发现他，想来应该是没有的，他们回酒店的一路跑得太疯，早已被浪花改造得"面目全非"，她记得自己在追逐海浪的时候喊了，叫了，完全跟随身体意识去放纵了，到最后，身心俱疲，却也真实地放松了。

两人再次回到别墅酒店外的冲水区冲沙，傅睿白的两只拖鞋都在奔跑中丢失了，光着一双脚，她身边的周雾也是，两个人全身都是难得的狼狈。

傅睿白抬眼见周雾一脸没玩够的样子，忍不住在心底暗叹年轻人体力好，也不知道是出于什么羡慕嫉妒的心理，她二话不说拿起水管，对准周雾就是一顿喷。

“我帮你冲！”她幸灾乐祸地说。

意外的是，这小孩竟然一动不动站在那儿任她喷，水那么大，他居然还睁着眼睛看她。傅睿白意识到自己可能过分了，忙关了水，急道：“没事吧？是不是吓到了？”

周雾摇摇头，水从他的脸侧滑下，他随手抹了一把，脸上神情仍然是笑嘻嘻的：“傅导开心吗？”

傅睿白点头，对他的关切，很是受用：“谢谢你。”

得到她的肯定回答，周雾眼睛里显见地流露出满意的意味：“一直以来都感觉你很忙，但每次见你，又好像一副风平浪静的模样，如果没有偶然撞见你另一面，可能永远不会知道，你也会累会难过——”

听到这里，傅睿白没忍住，双手捂脸蹲了下去，她怕自己控制不住想哭，实际上她也没控制住，幸而手上本来就是湿的，她还能装作是自来水糊了眼睛。

不知道过去多久，傅睿白心中饱满的酸涩情绪过去，放开手，睁开眼，迎面对上一双清澈动人的眼睛。

她看着他，道：“我现在看起来是不是特别惨特别丑？”

周雾脸上没有笑意，眼神很认真地摇了摇头。

傅睿白笑了笑，转手扶墙，换了个方向坐在了地上，不多时，周雾也在她身边坐下。

静静地坐了几分钟，风从海边吹来时，傅睿白感觉到一丝对身体无害的凉意，与此同时，她发觉自己更放松了。膝盖成了她支撑自己的平面，视线被前面酒店所堵，无法投向更远，于是她就把焦点定在右侧的小木阶上，缓缓地道："我的感情状态，确实是单身——确切地说，是处在一个苦苦单恋的状态。"

周雾没开口，闷声"嗯"了一句。

"他比我大六岁，是我刚进职场的导师，他是一个非常好的人，我工作这么久，没有见过比他更正直更温柔善良的人。今天晚上，就是我让你先回去那会儿，是因为我听到有人说他，全是栽赃的话。坦白说，那些人之前还说过我，我不在意，已经习惯了，可是我不能听，听不了别人说他一句不好。"

毫无叙事逻辑的话说到这里，傅睿白情不自禁地冷笑了一声。

"你看，有的时候，世界是特别不公平的，你永远没法左右别人的思想，更管不了他们的嘴巴，我可以不去为自己辩白，可我不能不维护他，否则我没法相信这个世界上善的法则，没法要求自己做一个好人。不过我也确实低估了人性的复杂，我本来是去捍卫一个好人的名誉，结果竟然狗血地撞见背叛，我信任倚赖的人，也是背后诋毁我的一员。"

说完这些，傅睿白其实对自己感到意外和不解，此前是真的全然没想过，会在这样的情境下和一个小男孩说这么沉重的东西："对不起，话题太黑暗了，是我忘了你还小。"

周雾照常沉默了许久，傅睿白估计他是在思考，他是个懂得倾听的年轻人。

果然，再听到他的声音时，语气分明沉静了几分：“晚上的事，我听到了只言片语，加一点想象力，其实足够我补充你的遭遇——还是谢谢你，愿意告诉我。年龄上，我比你小，这我改不了，可我不觉得这个话题黑暗，至少，没到我理解不了的程度。”

傅睿白定睛看着他：“你有时候，想法挺让我意外的。”

周雾低下头，傅睿白因此看不见他的眼睛：“你说单恋那个人，真的是单恋吗？”他沉声问。

傅睿白耸了耸肩：“目前是，不过在我后悔前，一切皆有可能。”

“你会后悔吗？”

“难说，我还没想过后悔。和你们年轻人不一样，到我这个年纪，尤其是女人，对待爱情，会变得很慎重，很难轻易对别人动心了。”

“爱情……和年纪有关系吗？”周雾语气里有深重的迷茫。

“没有直接关系，现在和你说这些你估计理解不了。说起来，你说不愿意聊感情的事，那我能以朋友的身份问一问，算是八卦一下——”

“交过女朋友。”周雾果断接过她的话。

“你妈妈知道吗？”傅睿白强压下心中的激动，像一位终于取得儿子信任的母亲一样，小心翼翼地问。

“她不知道。”

“她会禁止你谈恋爱吗？”

“不会。”

“我有点不敢相信。”傅睿白笃定地说。

周雾转过头来看她，神情意味不明，许久，他凝视着她问：“还有什么想知道的？”

“你交过的女朋友，是你主动追的还是？”

“是她们。”

“她——们？”傅睿白瞪大眼睛，“你瞒着你妈交过多少女朋友？等等——这些人里面有演艺圈的吗？”

“这是别人的隐私了，傅导。”

“OK，”傅睿白举手投降，“是我问太多了，没办法，你太红了。”

周雾没接话，看向她的视线收回，重新低下头。过了一会儿，他突然问：“你会继续等他多久？”

“等谁？”

“陈述。”

傅睿白愣住，全然没想到他会把这个名字记得这么清楚，而她还没从刚刚八卦当红男星私事的轻松氛围里抽身，回应便缓慢了些。

身侧周雾却在这时起了身，声音自上传来：“很晚了，傅导不想说可以不用说，回去吧。”

傅睿白愣了愣，也从地上站起来，跟在周雾身后，往别墅酒店走去。

周雾的问题，其实她脑子里早有答案，倒不是不想告诉他，只不过，她还需要一个确认，等陈述从亚马孙出来。

（7）

对杜清和任真，以及一些相关人员的安排，傅睿白在事后两三天拉了几拨人讨论，最后用了一场全体大会来公布结果。

现场，她播放了上一次在民宿转角听到的对话录音，是她存了个心眼，想着秋后算账才录的，无奈当中牵扯出任真，她想公平处理，于是提前使用了证据。

涉事的五个人，都被提前送回了国，傅睿白给几人保存了颜面，声明处分详情只在这个节目组内通知，不对外公布，不断几人往后的出路。一个大型节目组，人员有流动十分正常，总导演甩了铁证，其他人也没法指摘。

倒是郑迪那边，杜清她们几个人一走，负责的导演就只剩下肖然。为此，傅睿白特地找她去了房间聊，话问得很直接："知道为什么留你吗？"

在总导演的房间里，肖然显得有些局促，她入行资历不浅，大抵是因为面对傅睿白，难掩紧张。

"郑老师这边没人了。"肖然低头答道。

傅睿白原本坐在床上，闻言起身给她拖了把椅子，示意她坐："岛上的导演还够用，就算你们四个都回国，我也可以马上找到人接手。你答得不对，再想想看。"

肖然落座，小心翼翼地抬眼扫了下傅睿白，又很快垂下眼帘："因为吴老师。"她语气不确定地说。

"吴老师对你们很重要，对我，没有我自己组里人重要。"

"那你为什么……"

"我一直在观察你。"傅睿白在床上移动位置，离肖然更近了一些，"尽管一开始对你挺瞧不上的，也没怎么给到你信任，但你从来没在背后说过我，干活也认真。之前在相思岛，你来找我，说想来我的组里，我当时拒绝了你，坦白说，我没想过你居然还有勇气要来我的组。"

“对不起。”肖然说，“我替我们组的人说，其实我提醒过她们——不是，我应该更严厉地警告她们，我的过失。”

傅睿白面色沉静地看着她：“知道为什么在相思岛我会拒绝你，选胡鸾吗？”

肖然点头：“知道。”

“说说看。”

“她更干净，更纯粹，像一张白纸……我是吴老师的人。”

傅睿白撇嘴，对这答案不满意：“不对，这不是主要原因，那时候你们组的实习生可不止她一个，白纸不止一张。”

肖然抬头，眼中有困惑：“那是……为什么？”

“胡鸾这个女孩子，真的很喜欢做节目，而且人很正直，即使在你们组，也从来没有受你们组风气的影响。对很多事情，她有自己的看法，而且很坚定，这点你也知道，对做节目的人来说很重要。”

肖然聆听的眼神很认真，神情却似懂非懂的。

傅睿白笑了笑，补充道：“你说的没错，她比你经历少，更像一张白纸，所以我能很快做判断，而你，这道判断用的时间就稍微长了些，所幸还不晚，如果你还坚定地想来我——”

“我想，我想来！”肖然立刻接过傅睿白的话，仿佛晚一秒，机会就会溜走似的。

“好，”被肖然眼中的惊喜触动，傅睿白笑容放拉大，抬手拍了拍她的肩膀，“流程得等回国再走了，先说声欢迎，代表我的团队。”

“谢谢睿白姐。”

“不用谢我，谢你自己，没有人云亦云跟风过。”

对任真和杜清的安排，在导演组中形成巨大影响，其中，对胡鸾的震撼尤为严重。这天晚上，因为受胡鸾之托，薛一颜终于说服椎香一起唱Perfect，胡鸾便特意邀请了颐立果来听现场。节目开录后，两人躲在吧台角落里讨论这场风波。

“……完全没想到到睿白姐会用手机录音，真的。”胡鸾连连叹道，“我以为她只是听完就算了，本来嘛，那天听到别人骂她，我都打算冲上去要她们好看的，她还拉着我让我别冲动，没想到啊！睿白姐就是睿白姐，早留了一手呢！”

“啥？你打算干啥？冲上去给谁好看？”

“杜清她们啊，你是没在现场，根本不知道她们把话说得多难听。”

“你这小身板儿，要怎么给她们好看？”

“小瞧我是不？”胡鸾不服气地说，“我给你说，我真的从小就想和人打架，总做这种梦。”

“就你们女生那种扯头发挠脸拉耳朵的？”

“不不不，不是这种，我在梦里都是大拳头大巴掌挥的，偶尔来点勾拳侧踢什么的，招数十分正统，上道。”

“你是最近解放了东北血统的天性吧？以前咋没看出你这人喜欢吹牛呢？”

“我这是近墨者黑。”

颐立果哈哈大笑：“你是真没见过世面，睿白姐什么人，用得着你替她出头？你以为她录音就为赶这几个人走啊？”

“那不然呢？”

“还有后招吧。曦姐说，她这么做，一方面是防着你们吴老师，怕他往后追责闹事，另一方面，万一台里领导找茬，也有个说法，这录音可是一箭几雕了啊。”

胡鸾顺着他的说法暗自琢磨了半晌，终于咂摸出些许味道来，忍不住道：“姜，还是老的辣。”

颐立果用放在吧台上的手肘撞了撞胡鸾，斜眼觑她，道：“你以后可别学这些。”

“为什么？”

“我怕呀。”

“为了你怕，我得学。”

“照咱们这种关系，犯不着搞这么见外的套路吧？”

“行，要不这么着，你以后每招一个女孩子，我就招一个男孩子，公平起见，谁也不亏，你看怎么样？”

“不行！”颐立果迅速道，“我不同意。”

“凭什么只许州官放火，不许百——”

“我心眼比你小，承受力不行，你招一个男孩子对我的威力可能相当于我招一百个女孩子对你的影响力，不能比！”

“你是虾啊，咋这能扯呢？”

颐立果正要还口，前方散台区突然传出一声尖叫，来自一个女生，那位女生手里举着一张自制的灯牌，灯牌上写着一行“香烟Forever”，她的尖叫引发了酒吧内场集体哄叫的热潮，即使舞台区刚上场的薛一颜抱着吉他对众人比了个“嘘”的手势，大家依然没有安静下来。

“你注意到没，这儿没几桌本地客人了。”颐立果环视四周道。

“注意到了。”

“这样真没问题吗？”

“不知道，放哥说先别管，最近好几档在国外录的节目都被爆出赶走中国人，节目组工作人员和艺人粉丝发生肢体冲突什么的，敏感时期，冷静处理。”说到这里，胡鸾注意到颐立果还梗着脖子在张望，瞬间眼疾手快地把他拉回来，“你能不能长点心，镜头都要带到你了，一会儿放哥看到我在这儿摸鱼，我会很惨。”

“怎么惨？”

胡鸾没接话，抬眼看向舞台，薛一颜和椎香正在分别调整各自的乐器，台下观众绝大部分是香烟CP的粉丝，酒吧内昏黄的灯光下，她们的神情都很迷醉。

胡鸾禁不住撞了撞身旁颐立果的胳膊肘，问：“哎，你和周雾的粉丝也打过交道，依你看，他的粉丝和香烟的粉丝，哪一方战斗力更强啊？”

“周雾的吧。”

“为啥答得这么果断？”

“很简单，周雾粉是女友粉，香烟粉都是CP粉，很佛的。”

“佛还这么激动？”胡鸾不解地道。

“那你是没见过周雾的粉丝，要有一天周雾公布女朋友，这群粉丝估计能手撕了她。”

胡鸾听得瑟瑟发抖。

没过多久，舞台上传来悦耳的木吉他声，两人都往台上看，薛一颜在弹吉他，椎香弹琴，琴音响起，两位歌者先是相视一笑，随即是薛一颜的歌声起，继而是椎香的段落。

舞台灯光配合得很好，是节目组最优秀的灯光老师在负责，一首歌，把吧台角落的胡鸾和颐立果听得沉醉又心折。

“好的，我以后再也不唱这首歌了。”胡鸾泄气地说。

颐立果的视线还在舞台，听到胡鸾的话，他笑了，懒洋洋地撑着脑袋说：“瞧把你怂得。”

“相形见绌你不懂啊。”

“不懂，”颐立果摇头，“我知道各有千秋。”

“嘁，还吉他大神呢，我到现在都没听过你弹的曲儿。”

颐立果扭过头来看她：“真想听？”

胡鸾冲他眨了眨眼。

“得拿点好处换。”

“什么好处？”

颐立果维持着懒洋洋的笑意朝胡鸾抛了个媚眼，他的两个酒窝配上媚眼，惊得胡鸾立刻从吧台上弹起来。

“你别这样，我瘆得慌。”

颐立果懒洋洋地笑出了声。

胡鸾趴回吧台，继续盯现场动静，监听耳机里突然传来张天放的声音：“胡鸾，你来下后台，监视器这里。”

胡鸾暗道一声不好，下了吧椅，回复张天放“马上到”之后，她对颐立果做了个去后台的手势，这才从拥挤的人群中钻空走去后台。

张天放神态慵懒地瘫坐在一张低矮的单人沙发上。到胡鸾走近，他都没抬眼看她。

“出什么事了吗放哥？”胡鸾问。

张天放没说话，拿起手边的对讲机道：“二号老师，带一下吧台那边，西面，放了很多小国旗的那块儿。”

听到“小国旗”三个字，胡鸾心知完了，她都不忍心往下看监视器。

张天放却并不打算放过她，往那监视器一指，道：“这是制片组那个叫颐立果的吧？”

胡鸾没说话，低垂着头点了点。

“没空看你，说话。”张天放沉声道。

“是。”

“你俩什么关系？”

“朋友关系。”

“男女朋友？”

“放哥这是我私事。”

“你知道我能找着办法给你穿小鞋吧，胡鸾？”张天放慢慢地道，“把你刚刚那一小段回放拿去给总导演看，这风口浪尖的，你猜她会怎么处理？”

胡鸾默默地闭了闭眼：“我猜您不会这么做。”

张天放转过头看她，凝视良久，他的视线重回监视器，对讲机也重新递到嘴边：“行了二号老师，带嘉宾特写吧。”

胡鸾安静地等宣判。

“交往多久了？”张天放忽然又问。

“一周多。”想到他把话捅得那么透，胡鸾便坦诚地答道。

张天放沉默了许久。

“你清楚自己在现场的工作是什么吧？”他问。

“清楚。盯现场，记故事线，处理突发情况。”

“清楚就好。”张天放冷声道，“别让我再看到你们打情骂俏。”

“对不起。”胡鸾躬身道，“以后我不会让他来，今晚主要是因为，因为是想让他听香烟唱——”

“我没兴趣知道这些。”

收工回酒店的路上，胡鸾和颐立果说起这件事，本意是提醒他注意保持低调，颐立果却忽然听不下去似的打断了她："让他去告诉睿白姐吧。"

"颐立果你别闹脾气。"胡鸾此时身心俱疲，实在没什么耐心和他绕圈子说话。

颐立果从后视镜里看了她一眼，接着，他有很长一段时间没有说话。车子开到酒店门口，颐立果停好车，胡鸾打算说点缓解两人之间气氛的话，未料他先开了口："我不是闹脾气，我是说真的，让他去吧。"

听到这里，胡鸾心火"噌"的一下起来，开始在腹内组织词汇准备和他吵一番。

"哎你别着急上火啊。"大约看穿了她的心事，他连忙说，"我不是跟他较劲儿，就想看他是不是真做得出这种有辱男人气节的事来。"

"是啊，那万一他真去说呢？"

"说就说呗，睿白姐早知道咱们在一起了，还怕他告状？"

"啥玩意儿？"胡鸾大惊之下口吐方言，"睿白姐知道啥了？"

"咱们在一起的事啊，"颐立果云淡风轻地说，"她非要撮合我跟赵落樱，我怕夜长梦多，就干脆坦白了。"

"颐立果！"胡鸾扬声道，"你都不跟我商量就往外说了？如果不是因为今天放哥这事，我都不知道你说了！"

颐立果不敢和她对视，挪开视线往外看，嘴里哼哼唧唧地说："就没法听你说张天放这三个字。"

"张天放张天放张天放张——"

胡鸾用来赌气的复读机式喊话没能继续下去，因为颐立果在她说到第四遍的时候就准确捏住了她的嘴巴。即使这样，她还是坚持用

“金鱼嘴”喊完“天放”两个字，随后，她挣开了他的手。

“我发现你这个人，有点血性啊。”颐立果饶有兴致地看着她。

胡鸾瞪着他：“睿白姐怎么说？”

“啥？”

“你告诉她我俩在一起，她怎么说？”

“没说什么，就祝我们永结同心白头偕老。”

“你有没有点正经？”

“没有。跟你待一块儿，总想不正经。”

胡鸾被他的话说得害羞又紧张，伸手要去开车门，发现车门锁了，打不开。

“你都没亲我，不许走。”

“不要装可怜。”

“先亲这里。”颐立果手指点着自己右脸颊上的酒窝，凑近她说。

“我不要。”

“行。”颐立果清了清嗓子，忽然从车前放的一个小盒子里倒出一颗什么东西放进嘴里，见胡鸾盯着他看，他顺手把盒子递过来，“椰子糖，要不要吃？”

“硬糖还是软糖？”

“还真想吃啊？”颐立果说话间骤然抽回了手和盒子，看她的眼睛亮晶晶的，“这是我在岛上淘的，味道特别纯正的椰子糖，我准备回国多带点。”边说着，他边把盒子放回原来的小夹层，慢悠悠地关了车灯，接着，他从驾驶座俯身过来，换了个沉而哑的语调问：“我们一起吃，好不好？”

胡鸾说不出一个“不”字。

(8)

皮皮提岛之后，傅睿白以为自己和周雾的关系会亲近一些，实则没有，他甚至不再要求备采一定由她来进行。尽管傅睿白不知道当中缘由是什么，但她觉得这是两人关系最合适的走向。

道理简单，艺人，尤其是周雾这个级别的艺人，太容易和人亲近，又太容易把人拒之千里之外，其实傅睿白多多少少还是感觉到有点受伤，然而她不愿意承认。或许还因为无法厘清对周雾突然亲近的行为，虚荣心带来的成就感更多还是人与人正常交往之后亲近起来的成就感更多。

这天晚上，香烟CP去酒吧打工。民宿里照常只剩三个人，陆大鲸、郑迪和周雾，他们仨吃完晚饭一起看了部电影——陆大鲸说是她的暑假作业——电影播放过程中，傅睿白几度被制片主任喊出去谈事，以致她没能看完整个故事，不过，丝毫不妨碍她听嘉宾的讨论。

“丹尼尔·戴·刘易斯太帅了！”监视器镜头里，陆大鲸的眼睛很红，看起来像是哭过，坐她左右两边的男士，神情都一脸淡然。

“毕竟是拿过三次奥斯卡最佳男主角的人。”郑迪道，“你们要不要吃点水果？”

“要！”陆大鲸疯狂点头，“我急需补水。”

郑迪笑着起身走去料理台：“这故事里有什么泪点我没get到吗？”

陆大鲸看向一旁懒散靠在沙发上的周雾，道：“不稀奇，他也没哭。”

“你倒是和我们分享一下，有什么值得哭的地方？”郑迪一边切水果一边问。

“我不太了解自己，说不上来。”

这答案令郑迪朗声笑了出来：“我头一次听这么清新的说法，是不是你们学表演的人，感官都比较灵敏？”

“我是比较灵敏，周雾可就不一定了。”陆大鲸斜觑着周雾道。

周雾沉浸在扔厂商周边抱枕的乐趣中，听陆大鲸说他，头也不抬道：“感官灵敏和爱哭有什么关系？”

“没什么关系，老师说过，流泪是演员需要学会控制的一道技能，调动感官也是演员的基本能力。你上课不认真。”

听两个年轻人抬杠，郑迪不自觉地露出慈爱的笑容，随后他把切好的水果端来客厅，三人仍在漆黑的环境里坐着。

他们看电影用的是投影仪，原本是需要客厅全黑的，导演组考虑到拍摄条件，愣是留了两盏地灯，此时，他们几个似乎还都沉浸在电影情节里，没人去开灯。

“说起来，你们年轻人怎么看待电影里这俩人的爱情？”郑迪发挥起主持人的作用，开始按傅睿白之前反复交代的，徐徐引导起其他嘉宾的交流欲望来。

郑迪提问过后，陆大鲸将眼神投向周雾：“你先说。”

周雾终于放开手上的抱枕，倾身用叉子叉了一瓣水果送进嘴里——也亏摄像师抓角度抓得好——导播间诸人这一段等待答案的时间在欣赏周雾吃水果的侧脸特写画面中赏心悦目地度过。

“没什么看法，一百个人谈恋爱有一百种状况。”

“赖皮啊这是，郑老师评评理，他这么敷衍不过关吧？”

“不过关不过关。”郑迪摇头，“不然我换个小一点的问题吧，你们要是喜欢一个人，会是电影里男主角那样，还是女主角那样？”

“不行不行，郑老师这个问题也不行，生活中一般人不会像电影里那样谈恋爱的。”陆大鲸急着打断了他。

“你们俩也不是一般人啊。”郑迪接话道。

“我来问，”陆大鲸说话间两腿盘坐上了沙发，还往周雾的方向移近了一些，“你要是喜欢一个人，会不会主动追？”

“什么叫主动追？”

“你们男人的界限，郑老师来定义一下。”

“呃，主动追，应该是指，做些事情让对方知道你喜欢她，或者直接表白？女生呢？女生怎么追别人，或者说，男生做到什么程度你才会觉得他是在追你？”郑迪又把问题抛回给陆大鲸。

监视器镜头里，小姑娘挤眉弄眼朝郑迪使眼色，示意他问周雾。郑迪很快理解她的用意，赶紧补充道：“对了周雾，你有追过女生吗？”

周雾原本仰躺在沙发上玩抱枕，听到问题，视线忽然移动，落定在正对他拍摄的那台机器上，摄像老师动作也快，镜头立刻推到特写，是周雾眼神专注看摄像机的表情——导播间众人一致陷入心脏骤停的反应里——约莫过了十几秒，周雾眼神一冷，面无表情地移开目光，最终低下头。

“追过。”他低声说。

监视器里，陆大鲸震惊的神情八卦又夸张。

“你都追过女生，还问什么叫主动追干吗？装纯啊！”陆大鲸大惊道。

周雾没有很快回话，像是刻意避开镜头似的，他就那么低着头伸手去叉了块水果：“想知道你们的‘追’和我的有什么不一样。”

“能有什么不一样？”陆大鲸飞快接话道。

周雾叉好的水果没能送进嘴里，陆大鲸的话似乎引起了他的思考，总之，他停顿一小段时间之后才终于吃下那块水果。

“大概没有吧。”他淡淡地说。

“我估计这段应该没法剪到节目里，”陆大鲸促狭地看着周雾说，“你妈肯定不会同意你在节目里说自己追过人，既然总归是不能剪到节目里，不如你再多和我们说说，你都怎么追人的啊，成了吗？”

“等等——大鲸姑娘说的是个问题，咱们这段剪不了，不行，一会儿傅导该说我了，要不然咱们换个话题？你们毕竟还是两个孩子，又都是学表演的，我应该和你们讨论演员演技的，比较安全。”

“喂！郑老师！你不是吧！”

这是一句异口同声的抱怨，来自导播间诸位女导演，其中，以赵落樱的反应最为剧烈。

傅睿白看着她们几个，忍不住笑着摇了摇头，心道，她们还是年轻，抵不住八卦的诱惑。

事实上，周雾刚刚提到的，关于他追女生的事情，傅睿白隐约记得那天晚上，她好像也问过，可他那时候好像说自己没有追过？是他骗了人？还是她记混了？

傅睿白心思游离，下意识地看了眼门外，这一看，看到一个正朝自己走来的熟人。

龙龙给傅睿白当助理当了两年，所以她能很快从他的神态判断他带来的消息是好是坏。比如此刻，门前灯光刚照清他的脸，傅睿白立马就从椅子上站起来，摘了耳机走上前。

“睿白姐，酒吧那边——”

“出去说。”傅睿白按住他的肩膀将他往外引，她不想破坏周雾这边现场的录制氛围。

龙龙懂事，点点头跟着她走出去，直到一个没人的角落，他小心察探了一遍四周。

“椎香在酒吧和人打架了。”他轻声说。

这简短的一句话听得傅睿白一阵血气上涌，当下想不到别的，只是问：“有人受伤吗？严重吗？”

“椎香受伤了，随行医生在看，酒吧那边报警了。”龙龙说，“咱们现在过去吗？颐立果在外面等。”

“走！”

酒吧情形照旧是龙龙负责讲解，颐立果开车，傅睿白凝神细听，只是这次情况和上次不同，这次更严重，超出傅睿白解决能力范围的严重。

“……应该是有个本地客人，喝多了，和现场椎香的粉丝起了口角，对方话说得难听，椎香出来维护，两人就动手了。椎香先动的手，对方好像也受了伤，具体不清楚，放哥在那里应付。”

“还能让人动手？请的安保在干吗？没拦？”

“拦了！得亏是拦了，不然更严重。”

“现场还有谁在？”

“曦姐好像赶过去了，随行医生是一直在的，听说没动用救护车，所以估计伤也不严重，现在就等警方处理了。”龙龙道。

傅睿白抚额，想尽快集中自己的注意力，以便思考解决办法，怎奈怎么想也摸不着头绪，她没有任何处理这方面突发事故的经验，只能一切到现场再看。

“对了睿白姐，咱们要不要找当地旅游局，他们不是说——”

“这种事不归旅游局管。”傅睿白打断他，“是我们的人动手在先，找自己人比较有用，你在群里问一下，领事馆是谁负责对接？”

“好，我马上问。”

颐立果车速快，没到十分钟，车子就开到了酒吧街。果然，警车已经先到了，傅睿白下车后先捋好头发，深吸一口气，做足心理建设才往前方走去。

身边颐立果和她步速一致，却始终比她快一步。

一开始傅睿白还没明白他为什么也那么急，直到他径直走进人群拎出胡鸾，傅睿白才反应过来缘由，见这俩小年轻感情甚笃的样子，心头一时间感到温暖又酸涩。

后来的事情，傅睿白全程像是自动运行指令的机器人，有条不紊。

她先是找制片了解情况，得知椎香是轻度擦伤，涉事另一方也是轻伤后，暂时放下心。

接着，她又找香烟的共同经纪人黄薇聊，获知艺人方在这件事里最在意的是什么。

随后，在翻译的陪同下，她作为节目组负责人回答了警方问询。

再接着，她和领事馆负责人沟通，而后等负责人和涉事另一方作交涉。双方初步交涉完已是当地时间凌晨十二点。

傅睿白让工作人员先送艺人回民宿，转而又和领事馆负责人沟通。负责人表示，虽然是椎香先动手，但对方是酒后语言挑衅，而且挑衅内容涉及种族歧视，如果领事馆干预，可以有效解决该问题，椎香不必承担法律责任。

至此，傅睿白算是得到一个相对安心的结果。

这期间，张天放始终和她一起，两人交换了各自对事件的整理复盘，在离开酒吧前，从酒吧老板那儿得到一个令人崩溃的消息：按合同里的违约条款，酒吧方有权提前终止和节目组的合作，即，“解雇”椎香和薛一颜。

尽管傅睿白和张天放都极力争取，奈何老板意志很坚定，中国的节目组在岛上只待一个月，可是酒吧要持续营业下去，他们不可能为了这一个月影响以后的客源。

回民宿的路上，傅睿白在导演组群里发了条要开会的消息，她想尽快开会解决香烟CP的后续录制安排。也是在回民宿的路上，台里宣传中心的领导连续给她发了几张截图和一段视频，最后丢来一个问句：什么情况？

傅睿白一一点开图和视频，视频只看了三秒就关了。即使身处这个时代，长久浸淫在互联网传播的高速度和深广度氛围里，她有时还是会被吓到。

她记得自己刚入行的时候，互联网还不那么发达，人们上网是为了获取知识，然而现在，她越来越相信本科时传播学老师说的那句，世上已无新鲜事。

椎香在日玻岛打人、日玻岛民众辱华的新闻双上热搜，一开始，大家讨论的重点还在事件本身，渐渐地，也不知道是谁带了风向，大量网友开始攻击节目组，内容大都是说这个节目组戏精、事故不断、没有照顾好艺人的人身安全等等。

“现在是国内几点来着？”下车时，傅睿白问。

“傍晚，七点吧。”龙龙答道。

“哦。”

“睿白姐，你要不先休息休息吧，完了以后再去开会？”

“不休息了，直接开会吧。”

“可是你脸色——”

“别废话了。”傅睿不容拒绝地打断了他。

身体状况没能阻止傅睿白继续工作，一则来自顶头上级的越洋电话阻止了她。宣传中心她可以不理会，章茜不行，毕竟她是那个有权力让傅睿白收拾包袱滚蛋的人。

傅睿白让张天放暂时主持会议，自己握了电话去备采间。章茜的话，她照旧是听为主，辩为辅。尤其这次事闹得大，她连辩都不辩了，任她无止境地训斥自己。

“……你出国之前我就说过，在台里，在春森，你的成就和台里脱不开关系，你不信，你都左耳进右耳出，你们这群人，心高气傲，总觉得自己天下第一，做了几个成功的节目，觉得自己无所不能了，你们根本不清楚，离了台里，你什么都不是。现在内容行业流行的套话是，平台为王，你能请到顶级艺人，拉到上亿的赞助，用行业最好的制作团队和资源来做节目，真以为靠的是你傅睿白一个人吗？不是，完全不是。说白了，你的成功是偶然，当年，我要换个人做《脱逃》，一样成，就像现在，我要换掉你，根本不影响现在荒岛录的这个节目。”

好啊，换吧。

可傅睿白没说出口，因为她忽然有些不确定，不确定章茜说的是不是对的。

今晚的经历于她而言陌生又可怕，每一个困难都是她此前从未遇过的，至于当中的解决方案，全是她在被各种人推着走，不是她在解决，而且，她也根本不知道问题解决了没有。

“打这通电话，目的不是教育你，或者骂你，我是不想你走陈述的老路子，为了什么幼稚可怜的自尊心毁掉自己的行业生涯。别的不多说，就一句，不要再出岔子，不然没情谊可讲，我换人。”

“好。”傅睿白沉声道。这是她今晚除了打招呼之外，和章茜说的唯一的一句话。

结束通话，傅睿白的下一项工作任务应该是去开会，可她没去。章茜提起陈述，她理所当然就想到他。

事实上，傅睿白也没有过多矜持，微信界面一打开，毫不犹豫地给他拨去视频聊天，甚至没来得及问一句方不方便、在不在，也自然没管他那边时差怎样。

她就是，习惯性地，在脆弱的时候需要他。

陈述没有接，自他上次进亚马孙之后，整个人就失联了，没有给她发过微信，也没有发朋友圈，她不知道他到了哪儿，也不知道他是否安全，她每天都强迫自己不去期待他的消息，投入烦琐的杂事中，可从没真正地忽略过他。

视频聊天他一直没有接。

傅睿白心里拥堵，阻塞，加了陈述这个因素，思绪愈加纷繁复杂，她不得已，摸向牛仔裤前面的口袋，从中掏出一袋烟——被挤得变形的烟，以及一个打火机。备采间门口挂着禁烟的牌子，傅睿白恍若未见，倚着窗口，开着一点窗缝，点了烟，不吸，只闻。

这让她觉得他在身边。

开完会，胡鸾心情沉重地往外走，颐立果给她发了微信，说在门口等她。

临到门口，胡鸾突然想起自己有东西落在备采间，便转了方向。

推门前，她先闻到烟味，以为是哪位摄像老师躲在里面偷偷抽烟，正打算义正词严地进去说教一番，里头黑暗的情形先吓了她一跳，继而是窗口站着的那个人，她的脸在夜色下本就不清，加上缭绕的烟雾，显得愈加模糊，胡鸾却还是认出了那是谁。

“睿，睿白姐？”

傅睿白转过头来看她，认人认了一会儿：“会开完了？”

“对，刚结束。”怕烟味散出去引来其他人，胡鸾连忙回身关上门，视线再到窗前时，她发现窗沿上放了足足五支烟，怪不得能有烟雾缭绕的效果，她心中十分不解，也深知不方便探问，便背了手，恳切地道，“如果你想一个人待着，我可以马上离开。”

傅睿白转回头看窗外夜色：“你想陪我啊？”

“嗯！”

“为什么？”

“感觉你可能需要聊一聊。”

傅睿白失笑：“你吗？”

“对，我。”胡鸾语气坚定地说，“我自己感觉，我还蛮能开导别人的，不过睿白姐你要是实在不愿意，我现在就走。”

坦白说，傅睿白此时确实更想一个人待着，因为不确定陈述的回拨会不会到来。

可是四下静寂，小小的备采间像是有回音似的，她能听出胡鸾后半段声音里的颤抖，那是一种，出自真诚关心，害怕被拒绝的颤抖，所以，傅睿白没忍心拒绝。

“晚上的事，你有什么看法吗？”她问。

胡鸾沉默地思考了片刻。

“节目录制过程中，不确定性因素太多，突发情况太多，导演需要时刻具备冷静思考的能力，不能慌，不能急，要懂得和各种人沟通。”胡鸾缓缓道，“这些，是我从你身上看到的。”

“哈，”傅睿白自嘲一笑，“那你没看出我其实心里很慌吗？”

“没有，至少我没有——我也不觉得其他人能看出来。”

“我觉得你给我加的滤镜太厚重了。”

“如果你非要说那是滤镜……那也是因为你值得。”

傅睿白重新转回头看她：“胡鸾，”她面色沉静地说，“我明白你是在安慰我，或者你以为我需要安慰，可是我现在听不了这些，对不起。”

傅睿白的话令胡鸾一阵紧张，比台里的最终面试还手足无措。

“太晚了，你先回去吧，没事，我能——”

胡鸾突然打断她的话：“我知道我的话帮不到你，我太小，资历太浅，可是我也说不出为什么，我就不想看到你难过。放哥说，今晚幸亏你去了，不然他一定崩溃了，他说他比你入行久，年纪也比你大，他是个男人，资深导演，可是同样的事情放在他身上，他处理得并不比你好。所以，所以——

“我可能说得有点语无伦次，我就想说一点，这些事情没什么大不了的，睿白姐你还是我心里的女英雄。”

胡鸾确信自己说得语无伦次，不只语无伦次，她整个人都说到哽咽，莫名地，觉得很委屈。

她不是一个爱哭的人，可上岛以来，长久昼夜颠倒，超负荷工作，加上她给自己的巨大压力，凡此总总，把她逼成了一条紧绷的弦，今晚的突发事件就是那股催使这条弦断裂的外力，而现在，这条弦断了。

毫无疑问的是，傅睿白心里的弓也在今晚断了。不过她断不是因为压力，而是因为胡鸾那句“你还是我心里的女英雄”。

说不上为什么，要换任何一个人来说这种话，总有点溜须拍马的味道，胡鸾不会，她一直拥有一种把好话说得极度夸张也仍然饱含真诚的能力。

傅睿白背过头去，悄悄地落了泪，笑着说：“这么会说话，没白挖你。”

胡鸾默默地吸了吸鼻子：“我会努力的，以后也不给你后悔的机会。”

傅睿白决定和她一起走回酒店，拿起手机的那一刻，屏幕突然一亮，有新的微信消息跳出来，傅睿白心一紧，颤着手滑开屏幕，可惜，来的是一则工作群消息。

“男人啊，关键时候都是靠不住的。”她叹息着说。

“不靠男人，就没有靠不住的风险了。”胡鸾随口接话道。

她接得快，嘴又顺，傅睿白反倒有些意外，隐隐觉得小姑娘的话里有什么重要的引申义，像某种解心锁的钥匙。她暂时没有多想，走到门口拍了拍胡鸾的肩膀，道：“回酒店吧。”

胡鸾冲她展颜一笑，转身之后，乍然想起窗沿上的那堆烟头，又赶紧回过身去：“烟头得收走，不然制片老师一会儿又得鬼吼鬼叫了。”

傅睿白愣住，站在原地见她三两步蹿到窗口，动作麻利地收拾完那堆烟头，情不自禁地笑了。

胡鸾这边收完烟头，手机响了一声，令她后知后觉地想起颐立果。

在这个瞬间，想和傅睿白一起回酒店的念头打败了和颐立果的，这个念头促使她做了件事。

她给颐立果发了条微信：你先回去吧，我要和睿白姐一起，就我俩。

(9)

椎香打人事件在社交网络上持续发酵，隔天，日玻岛岛民也开始在Twitter上加入这个事件的讨论。

台里担心嘉宾安全，由上级领导直接拍板决定，提前结束日玻岛的节目录制。

面对这个结果，傅睿白只有接受的份。

做节目多年，她心知这个结果不仅仅是章茜的决定，事故越闹越大，当中牵扯的关系和利益也越来越多，已经不仅限于台里，再出什么事，她一个节目导演——即便是总导演——根本负不起责任。

提前结束归结束，节目的收官还是得录，有总导演扛风险和负面舆论在前，节目组各部门工作人员这时候倒都很齐心。

原定于一周后的岛中屋录制往前挪得很顺利，在当地旅游局的协调下，预订的海岛酒店也配合地空出了时间，除接待节目组录制必需的三十人外，不再对外向普通游客开放。

岛中屋是日玻岛群岛中一处豪华酒店，因酒店坐落在海中闻名，岛中屋最大的特点是屋内设施，地板全是透明玻璃，海水清浅，游客可以全天候在房间内欣赏海景，睡觉时与浅海生物仅隔一层玻璃。

此外，酒店四周搭设长栈桥，分别延伸向酒店附近的小型礁石岛屿，游客不只可以在酒店内观光，还能随时去礁石岛屿感受其他景观。酒店唯一的缺点是面积太小，常年接待量有限，这一天的录制，除了跟拍摄像、技术人员、导演、少数几位制片加医生之外，剩余工作人员——包括所有艺人随行工作人员——都留在主岛待命。

“如果不是录节目，我估计一辈子都不会来这儿住了。”胡鸾和肖然同屋，在参观完房间后，胡鸾情不自禁地说。

“我也是。”两人放好行李，一同走出房间，继而各自投入工作。

由于是收官之战，嘉宾最后一期的录制走温情路线，大约是为了让嘉宾进入情绪导致压力太大，张天放这一天的神情一直很凝重，胡鸾在酒店外其中一处栈桥找到他，他正对着海和天抽烟。

“放哥，颜颜待会儿还是和椎香一起录吗？”出于关心他的状态，胡鸾随口找了个话题走近他问。

张天放含着一口烟转过头来看她，海上的早晨天朗气清，他的神色却隐在淡淡的烟雾里：“录什么？”

“采访。”胡鸾趁机在他旁边坐下，嘉宾化妆还需要一点时间，她想，晚上肯定很忙，她可能没时间和他好好说点道谢和道别的话，现在也许是最合适的时机。

“分开录吧，晚上再一起。”

“这么美的海景，您就不能不抽烟吗？”胡鸾斜觑着他问。

“心里烦，不抽烟我抽你吗？”

“哈！”胡鸾笑出声，“你嘴巴这么坏，我本来想说的话都说不出口了。”

“什么话？”张天放把烟掐灭在随手握着的酒店烟灰缸里，“不是表白就别说了。”

“是表白。”

“哦？”

“谢谢你。”胡鸾语气诚恳地说，“这二十多天，谢谢你的担待。”

张天放始终皱眉看着她，等她说完，他沉默了很久，忽而朝她伸手。

察觉到他的动作，胡鸾连忙说：“最后再让你拍一次吧，也不知道以后有没有机会再合作。”

听完她的话，张天放抬起的手放了回去，没有落在胡鸾头上：“赶紧和那个小制片分手吧，看他把你带成什么样子了。”

“什么样子？”胡鸾好奇地问。

张天放移开视线看别处，良久，他说：“何必谢我？我又不是为了把你培养成傅睿白才带你的，不过看你有点姿色，是我喜欢的型罢了。”

“你为什么带我我管不着，反正，我总是要谢你，毕竟我捅了不少娄子，确实给你添麻烦了。”

“还好，”张天放仍然不看她，“没我捅的大。”

“喂，放哥！我真的就知道你把那天的事算到自己头上——”

“这事没得洗，你别废话。”张天放打断她，“既然你要假惺惺地谢我，我暂时收下，我虽然一向不喜欢长时间待一个地方，但傅睿白这次确实是替我背了锅，我得还她人情。你放心，只要你还在春森，我就还有机会折磨你，再等你和那个姓一的人分手。”

“他姓颐。”

“不重要！你别跟我这儿再瞎聊，整得跟我要驾崩了似的，赶紧干活去。”

胡鸾知道话说到这里够了，也不再坚持，笑了笑，一拍大腿站起来，远处红日出海，日子新极了。

都会过去的。

张天放不会再为自己没有约束好粉丝而自责，傅睿白不会因为受各种问责而疲累，颐立果会找到自己人生的新方向，她也会成为一个越来越成熟的导演，会的，一定会的，胡鸾满怀希望地想。

岛中屋的一整天录制都是记录节目结束前的嘉宾状态，节目组这段时间遇到的苦难不断，嘉宾们也一起承担了这些变故，每个人都心有所感，表现很自然，煽情部分很真实，所以全程十分顺利。

最后一个环节录制时，摄制区外傅睿白被郑迪连灌了两杯红酒，他差点还要把她拉到镜头前。傅睿白连连败退，酒喝得太急，导致后半段的录制，她整个人直犯晕，所幸正片很快打板收工，分组导演各自拉自己的艺人录备采。

傅睿白的大脑被酒意冲刷得晃晃荡荡的，荡着荡着，倒在不知不觉中舒缓了她长久紧绷的脑神经。

她索性放纵了自己的意识，去制片放酒的地方拎出两瓶啤酒，踉踉跄跄地往一处无人的栈道走去。

她没有走到栈道终点，而是在半途停下来，脱了鞋，拉高了裤腿，人坐在岛上，腿放进海里，一边泡脚一边喝酒。

夜色深重，海里有灯，酒店也有灯，傅睿白特地挑了背光的地方，享受脚下小鱼成群地啄她。到这时，整个人在酒精的助力下，从上到下彻底放松后，忍不住在心中狂赞选这家酒店的导演。

太明智了！

这里的体验太接近天堂了！

两瓶啤酒很快喝空，傅睿白难以置信地翻转瓶口，确认瓶子里再也流不出一滴酒——事实上她目光涣散也不是完全确认，但总之，她这么一倒，瓶子里确实没酒了。

这个发现让她感到难过，身子往侧面一倒，靠在栈道的木桩上，海风仍然温柔舒适地吹着，傅睿白下意识地扯开衬衣的扣子，想让自己的呼吸顺畅些。

突然，她的眼前出现一瓶酒，不远不近，就在她眼前，傅睿白视线在下，看那瓶酒像飘在空中。她没有用脑子细思这个意外的状况，伸手去拿酒，酒瓶却飘远了，远离她手能碰到的位置。

傅睿白身体前倾，要去夺酒，结果被一股按压在肩膀上的大力带了回来。

“你要下海吗？”身侧一道声音响起，傅睿白循声去望，见一个身影在她旁边坐下。

“酒呢？”傅睿白茫然地问。

“你醉了？”

“没。”

“我是谁？”

“周雾。”

“确认吗？”

“确认！我没那么容易醉。快，酒给我。”傅睿白急不可耐地伸手去拉他的胳膊，想看他到底把酒藏哪儿了。

“不行。”周雾背过手，面色冷峻地说，“酒我是拿给自己喝的，傅导想喝，要拿东西换。”

“好，拿什么换？”

“真心。”

“好，换，真心我怎么给你？”

周雾静静地看着她，过了一段时间，他忽然摇了摇头：“算了，你醉了。”说完这一句，他转手把酒给傅睿白，没有再说话。

一大口酒下肚，傅睿白手撑着栈桥木板，仰头看向夜空。

“我喜欢的人跟我说，那些星星，我们看到的星星，其实很多已经‘死了’，我们看到的，它的样子，是它生前最灿烂的一刻。”

“嗯。”

“这和人与人之间的关系也一样吧，我们这一次合作，或许，或许是我们的交集中，最灿烂的一段时间吧？”

周雾没有接话。

“祝你前程似锦。”傅睿白道。

“不要。”

“不要前程似锦吗？”傅睿白此时的神志不够她持续思考，她只能按上下文接话。

“傅导在故意装傻吗？还是为了不伤害我之类——你们这种所谓的大人，惯用的伪善说辞。”

他把傅睿白说得有点蒙，使她不得不把目光从星空移向他：“你说什么？”

“你认为，”周雾定定地看着她，他眼神里的情绪，现在的傅睿白看不懂，只是觉得他眼睛里好像有什么亮晶晶的东西在打转，转得她头晕，“我为什么要接近你？”

“为什么？”

“男人接近一个女人，你说是为什么？”

傅睿白还是没听懂，直觉般感到一丝紧张——关于他说的为什么——她强迫自己集中精神思考，最终得出一个结论。

然而，这个结论引发的新愁思更多，以致她愈加慌张，头更晕，几乎坐不住要往下倒，勉强扶住旁边的木桩，用仅剩的理智斟酌着语序说：“你还太小，对爱情的定义，对喜欢，这些感觉，这些很模糊的两性之间的感觉，是还弄不清楚的阶段，等你到我这个年纪，会发现，爱情，爱一个人，绝不是一件简单的事。好感不是爱情，好感是很短暂的，多巴胺的分泌，我们这一生，有太多机会，会对太多人有好感，可是我们爱不了那么多人，像我，交过几个男朋友，爱的人始终——”

她对爱情的“肢解式”体悟没能说完，因为唇上一热，身侧的人头一低，用温凉的唇偷袭了她，这偷袭来得太快，去得也太快，她来不及闪避，还徒增一顿失序的狂乱心跳。

“我亲你，你没有拒绝，在我的理解里，这就是爱情，很简单。”

“不是的，不是这样，你没问我，我还没说拒绝，是偷袭，不合理。”

“好，你来，拒绝我。”周雾用缓慢而又沉着的声音道。他脸上有近似于宠溺的无奈神色，令傅睿白深感陌生，又隐隐觉得熟悉，这缕熟悉激发了她的想念，烧得她心里发烫，渐渐地，她的思路开始迷乱，心里、身体唯一传递出来的，是欲望，难以启齿的，渴望被亲抚、被拥抱的欲望。

她当然知道这欲望不对，所以艰难地想寻找理智。在这空当，有一个毛躁的脑袋凑过来，在她颈间来回地蹭着嗅，那种微微刺痒的感觉挑起了她酒后身体里更深的欲望，为了让他更方便地接近她，傅睿白本能地仰起了头，想要空出位置给他闻个够。

她沉醉地闭上眼，分不清是什么在控制自己的大脑，可身体的感官却因而更敏锐，所以她闻到他身上被薄薄一层酒香覆盖着的气息。那是一种甘甜清爽的味道，傅睿白交往过年轻的男孩，那甘甜是专属于他们的纯净气味。

傅睿白有些怀念，意识到了这个时候，已经凌乱不堪，酒精没有使她丧失理智，只是让她的理智全部分解成更小的单位，无法聚在一起供她思考。

她情不自禁地伸出两只手，难以抑制的身体渴望催使她抱住了自己肩侧的脑袋，起先，他的动作轻而空，这会儿把他按过来，傅睿白才感受到充实，他的呼吸暖热，弄得她高挺的脖子直发痒。

傅睿白双手不停，顺着他的头发游走到侧脸，下巴，她把他捧起来，也凑过去，用鼻尖感受他，一下有一下无地闻他，她始终闭着眼，屈服于身体的渴望，掌下那张脸很配合，一动不动地任她亲近，直到她的鼻尖和他相抵，傅睿白才停住。

静止了一段时间，周遭只有呼吸声，不知是谁的，沉重的呼吸声，她心底的欲望愈发强烈，不打算压制，随了这缕心愿，继续用自己的鼻尖感受他。

她顺着他的鼻尖往下，碰上他的嘴唇，触感软又凉，还有一层说不上来的体验，使她轻易就失了防备，直到她身体一松，全无平衡地一头栽入前方的海里。

海水灌进耳道的感受对身体最刺激，傅睿白靠本能反应迅速从底下站起来——海水不深——吐完一大口海水，她四处环顾，见到身边也刚从水里站起来的人时，瞬间明白过来今夕何夕，刚刚发生了什么。

“有没有事？”少年低头问她，眼睛还是那么亮，像浸在水里。

傅睿白脚步一阵虚浮，周雾眼疾手快地抓住了她的胳膊。傅睿白此时已经恢复大半理智，想要不着痕迹，实则非常明显地挣开了他。

“我没事，”她说，“对不起。”

“对不起什么？”周雾的声音明显低了几度。

“刚刚我对你做的，”傅睿白不好意思地垂下头，“所有事。”

“你现在清醒吗？”

傅睿白点头。

“还要跟我谈什么是爱情吗？”

“不了。”

两相沉默，海水静静地在脚下流淌，岸边有细浪拍打礁石的声音，酒店那边还有人声。

“你没有拒绝。”周雾闷声说。

“对不起。”

“先主动的人是我，道歉也该我来。”

“我的意思是，”傅睿白掠了掠头发，未料掠得一手湿，“我想先回酒店，有什么事，明天聊好吗？”

“聊什么？”

“今晚的事。”

“解释？”

“差不多。”

“不要。”

“周雾，你不要任性——”

“我不想听你一直说抱歉，很伤自尊。”周雾说着说着移开了目光看向别处。

“不只这个，我也需要时间捋一捋，你给我的意外太多了。”

周雾沉默了一会儿，似乎是在考虑。

“好。”他看着她说，忽而又垂下视线，“你自己能走吗？”

“能。”傅睿白道，“待会儿我先走，你在这儿等等再走，好吗——或者你先走，我等？”

周雾没有回答。

“周雾？”傅睿白不确定地问。

“傅导今晚可不可以替我想一个问题？”

“嗯？什么？”

“如果你没有掉进海里，我们之间，会发生什么？”他语调低沉地问。

傅睿白如遭雷击，差点震在当场走不了。

（10）

录制的最后一晚，傅睿白彻夜未眠。她和王曦住在同一间房，两人都没有睡着，也没有交谈。傅睿白一整夜坐在地铺上看底下的海景，里头铺设了微暗的、不影响海洋生物的灯管，照得海水粼粼，一如她的心情。

傅睿白发誓，她没有想象过周雾会对自己有什么想法，晚上的遭遇于她而言，更像一场梦。

周雾问她，如果没有掉进海里，他们会发生什么，坦白说，她不确定，因为那一整段和他亲密的时间，她是浑然忘我的，酒精、对陈述的想念，或许让她对他放松了警惕，可是他那不属于这个年纪的男孩该有的，温柔的亲近，才是她最终沉溺的缘由。

傅睿白不愿再深想下去，她承认，对周雾，她有剧烈的心动。

“白。”长久的静默过后，王曦的声音像从另一个世界传入，傅睿白受惊之下转头去看她，见她握着手机，屏幕光打在她脸上，照出她惨白的脸色，“你最好看下微博。”

“怎么了？”傅睿白不解地问。

王曦没有回答，而是直接把自己的手机递给她。

傅睿白接过手机，顶端时钟显示是当地时间凌晨两点四十九分。目光往下，是王曦的微博客户端界面，有个搜索排行榜，“周雾恋情”、“岛上生活”、“总导演”、“傅睿白”几个关键词占据排行榜前排，傅睿白感觉自己的心脏被一记重锤锤下，她颤着手，点开其中一则热搜。

满屏都是一系列模糊的照片，有周雾和傅睿白坐在栈桥的背影，有他们亲近、一起掉进海里，还有分头离开的照片，显然是视频画面截的图。

傅睿白往下滑，果然滑到一则视频，长度共三分二十七秒，是前面照片的完整版。

“刚上的热搜。”王曦从地铺上坐起来，“我估计你的电话一会儿要被打爆了，赶紧想想辙吧。”

傅睿白没吱声，找到发视频的原始微博，是一个小号，刚注册，只发了这一条微博，这之后，傅睿白又回头去看了一遍视频，确认了视频拍摄者的拍摄位置。

“是组里人。”她得出结论。

“嗯，你和周雾……”王曦清了清嗓子，“什么时候的事？”

“没什么时候，我和他什么事都没有。”

“我是说，这个视频里的事，什么时候发生的？”

傅睿白想了想，道：“十二点半左右吧，我回来之前。”她把手机还给王曦，“这个人特地避开国内下班时间，选在晚上八九点发，还用小号，分明是要搞我了。”

“你怎么确定是搞你不是搞周雾？”

“我和周雾分别走的，视频里只有我走的画面，而且是高清的全脸，还不是搞我吗？”傅睿白说着说着也从地上坐起来，大约是一整晚刺激过度，她此时的大脑异常清醒，伸手拿起自己的手机后，她忽然想起一个线索，问王曦，“酒店房间的住宿表，你这边有的吧？”

“有啊。”

“发我。”

“怎么？”

“这家酒店，除了五个嘉宾，剩下的工作人员，我看看，做下排除法就知道是谁了。”

她说得笃定，王曦没有再犹豫，很快把酒店住宿名单发给她。

结果反复筛选下来，傅睿白并不能从名单里找出确定的“嫌疑人”，因为除了带来岛上的核心导演傅睿白可以作保之外，似乎其他任何人都有嫌疑。

傅睿白这边和王曦讨论谁有嫌疑的时候，社交网络上的议论也越来越激烈，不光傅睿白的手机里跳出诸多人的“慰问”，连王曦的微信也被各路半熟不熟的朋友“攻陷”了。

傅睿白意识到事情的严重性，于是连忙把豆子喊来自己房间。豆子做事专业，即使社交网络上傅睿白和周雾的事情闹得沸沸扬扬，她进门后，一句闲话没问，静听傅睿白的安排。

“……台里宣传你去对接，我是当事人，身份敏感不好插手，让宣传中心统一安排对外说法，写个声明之类的。就说晚上录完节目我太开心，喝了很多酒，周雾好心劝我回酒店，我不听，推搡之后掉进海里，周雾把我捞上来的。可以说我俩关系一直很好，不要避讳这点，最好说明白我们是做《脱逃》节目认识的。事情的来龙去脉大概往这个方向引导，你和宣传中心那边商量下，是不是找点营销号帮忙转转，带带风向。”

“好。”豆子神色冷峻，“睿白姐，我有个猜测，关于拍这个视频的人。”

“说。”

“我感觉是摄像做的。”

“怎么说？”

“我们几个导演一整晚都在一起，没工夫做这些事。”

“制片呢？”

“制片不可能。”王曦接话道，“都是我带的老人，加上我总共也就四个，我连颐立果都没舍得带来，就怕出事新人兜不住。”

“摄像就不一样了，岛上摄像有十二个，加摄指。”豆子道。

“灯光、音频他们呢？”

“他们收设备都收不完，哪有空去埋伏你。”

傅睿白点点头，转念又想到一个人：“肖然呢？也和你们在一起？”

“她倒是没一起。”豆子面露疑色，“她和胡鸾住一间，一直待一块儿。——等一下，她好像也有嫌疑吧，为吴老师团队报仇什么的？”

“不排除这种可能。”傅睿白道。她当然想要相信肖然没有这么做，不然她当初的判断、好不容易对肖然建立起来的信任通通都要崩塌，然而此刻的傅睿白更想知道的是真相，人性的复杂于她而言，不再能轻易使她伤怀失落。

“啧，这些粉丝的嘴啊，是真的脏，还毒。”刷微博的王曦道。

“是吧，曦姐！睿白姐叫我来之前，我看周雾的粉丝圈就炸了。”豆子激动地道，“女友粉真是娱乐圈最可怕的存在。”

“她们说我什么？我看看——”

“你千万别看！”豆子抢话道。

“无非是说我配不上周雾之类的，我有心理准备。”傅睿白道，“豆子你去忙吧，好好和宣传中心的人说，估计今天就要出声明，到明天，太容易节外生枝了。”

“好，我先去。”

豆子一走，傅睿白的视线重回王曦那边：“她们到底怎么说我的？”

“豆子说得对，你还是别看了，容易抑郁。”

“要抑郁我早抑郁了。我倒是很想知道她们有没有什么新鲜的骂法，算了，你不给我看我自己看。”

事实是，傅睿白高估了自己的承受力，也低估了粉丝的战斗力。连续几条热搜微博下，都被周雾的粉丝控评：

“太恶心了这个老女人！”

“我们雾雾被老怪物染指了！”

“她为什么不去她自己的圈子里找老男人！”

“她的年纪可以当周雾的妈了吧！”

“她是不是用什么权力逼周雾这样的！”

“她这岁数都要停经了吧！”

……

傅睿白拿开手机，深吸了口气，评论里还有很多涉及人身攻击和生殖器的辱骂，她不忍心再看，躺回地铺，耐心地等豆子的沟通结果。

可惜人算不如天算，比宣传中心的声明来得更快的，是周雾个人账号上的一条微博。

——没有她的事。

五个字而已，瞬间成为新热点。

傅睿白从王曦手机里看到这条微博时，整个人鲤鱼打挺般爬了起来，一拍脑袋道："他这个时候发什么微博啊！"

这之后，傅睿白本想立刻给他发微信让他删除，怕自己发文字容易招来误会，发语音又怕表达不到位，最终还是给他打去语音电话，打之前还顺便把王曦赶去了豆子房间。

周雾接得很快。

傅睿白听到他那边有音响发出的音乐声，没想到他这么晚没睡，还在听音乐，她没有铺垫太多自己这通聊天的目的，直言道："微博可以删了吗？你刚发的那条。"

周雾没接话。

意识到自己说话语气可能太生硬，傅睿白很快解释道："台里宣传中心一会儿会出统一声明稿，说我醉了，你要劝我回去，被我不小心推到海里的。拍视频上传的人没拍到我们的正脸，网友没法靠背影给我们扣恋情什么的帽子，但你现在发这样的微博，看起来是维护我，其实反而容易坐实这件事。"

"如果拍到正脸了呢？"

"不可能，我们当时坐的地方，前面是海，他不可能在海里拍，即便是侧脸也不可能，我们坐在栈道上，他要是拍了，我们不会看不到，现在的情况我基本可以保证，他只拍到了背影。"傅睿白耐心地解释道。

"傅导逻辑真清晰。"周雾淡淡地道，"一点不像醉过酒的人。"

"我是没……"顿了顿，傅睿白察觉到他语气里的不寻常，转而道，"你是什么意思？"

周雾沉默了一段时间，再开口时，语气变得冷冽："我的工作人员说，这是你们的营销手段，节目上线前的例行炒作。"

他语速慢，傅睿白一颗心掉下去的速度却很快："你的意思是，是我们……或者说是我，在利用你，炒作？"

"拍这支视频的人，是节目组的，对吧？"

"现在没法确认，而且即便是节目组的人，他也不能预知你今晚会去找我，我们会——周雾，你应该很清楚，今晚的事是意外。"

"是意外吗？"

傅睿白闭了闭眼："你这样问我，显然是不信我的说法，相较于我，你更信任自己的工作人员，你母亲。人之常情，我完全理解。"

"和他们无关。只要你说是意外，我就信。"周雾沉声道。

"你如果真信我，就不会问。"傅睿白道，"你看，今晚我们在栈桥聊过的，你说爱情是一件简单的事，可你应该更清楚，和你，大明星周雾之间谈爱情，哪怕一点点暧昧，都不可能会是一件简单的事。"

周雾这次沉默的时间很长，有两分钟，也许更多，傅睿白不确定，她听完了他那边传来的一整首歌，是*California Dreaming*。

"我发微博只是……只是不想让你受伤。"歌曲结束后的短暂停顿里，周雾愈发低沉的声音响起，"就算经纪人给我打电话，反复和我说，让我不要天真，这是你们节目组惯用的营销手段，我也不相信，否则我不会发微博，我看不了他们那样说你……我很难过。"

"我没事，"傅睿白难掩动情地说，"谢谢你维护我，搁几年前，一两句重话或许能伤到我，不过现在，坦白讲，我看了只是觉得糟心，不至于到受伤的程度，不用担心，我没觉得自己做错了什么。"

周雾那边又一首新歌在唱，傅睿白没听过，只隐约听得清几个英文单词，她发现，周雾的听歌品味和他的年龄、所处的时代，有种错位的协调和一致。

"过一个小时，我的工作人员会来岛上接我走，不会和你们正式告别。”周雾缓缓道，“抱歉。”

“不用抱歉，我明白，也很理解，是你们公司的安排。”

“所以，晚上我们聊的问题要等……”

“不用等。”傅睿白心一横，干脆地说，“我现在就可以回答你。”

周雾那边的音乐声骤停，他没有说话。

“第一个问题，你问我如果我们没有掉进海里会发生什么，我很坦诚地告诉你，什么都不会发生，即使发生了，也不会有什么特殊的意义。第二个，晚上你一直问我为什么没有拒绝你，我当时没说是怕伤害你，很抱歉，我把你当成了别人，不，确切地说，不是别人，是我爱的人，你或许还记得他叫什么，陈述。”傅睿白以极快的语速说完这些，挪开手机喘了一口气，补问道，“还有什么想问我的吗？”

“是真心话吗？”

“是。”

“好，够了。”周雾的语气到此时前所未有的低哑。

傅睿白：“祝你一路顺利。”

“谢谢。我挂了。”

“再见。”实际上，傅睿白的这句道别没说出去，周雾的电话挂得很快，没给她回话的时间。

这通语音电话打完，傅睿白像是被抽干了所有的精力，任自己瘫倒在地上，玻璃下有海洋生物游动，看起来自由而畅快，傅睿白羡慕极了。

她想，如果她再年轻几岁，一定没法说出这样刚硬的拒绝，不仅仅是因为心动，更多的是面对这样一份真诚而热烈的好感，太难开口说“不”。

可到她这个年纪，遇见过太多次心动，太明白心动带来的幻象，她不可能靠心动去启动一段感情。

唯一让傅睿白感觉可惜的是，不知道是不是身份加成，周雾给傅睿白带来的心动，确实太极致，想必此生不会再有了。

王炸篇

好的坏的，都是我的

（1）

从日玻岛回来，台里给节目组统一放了一周假。

由于潘凝已经找了新的合租人，胡鸾回国后只能暂住同学家，趁假期四处找房子。

照常上班这天，胡鸾以为是傅睿白来安排后续的工作，没想到是吴穹。

他向组里人传达了一个上级通知，《岛上生活》节目的后期剪辑工作将交由吴穹团队，傅睿白及其团队不再负责。会上，吴穹分别点了肖然、杜清、胡鸾和其他两个去了日玻岛的导演的名，让这五个人主盯剪辑，其他导演去后期机房看素材。

吴穹走后，办公室里响起了此起彼伏的叫好声。

妮妮姐甚至当众用激动而高昂的语调道：“风水轮流转，自作孽，不可活，苍天饶过谁。”

胡鸾听不下去，倏地站起身想和她争辩几句，被一旁的肖然硬拉着坐下，随后，胡鸾收到她发的一条微信。

——你先去楼道，我一会儿过去，有事跟你讲。

胡鸾不明所以，但还是照做。

在楼道等肖然的时间里，胡鸾心中的愤怒和困惑完全没有消退，她不懂，为什么吴老师团队的人会这样低劣，这么希望傅睿白出事，竟还做得出拍手叫好的事，太颠覆她对人性的认知了。

肖然出现后，先是小心地四下察看了一圈。

“傅导被停职了。”她站在几级台阶下说，“周雾团队和台领导聊的，如果傅导不退出这个项目，他们就退出，今年综艺市场这么乱，台里四季度节目的广告招商都很惨淡，就靠这个节目撑。主动权在周雾那边，台里没得选。”

“那为什么，为什么睿白姐团队的人，比如豆子姐……”

“吴老师没要，傅导的人也不想来，就这样。”

听了肖然的解释，胡鸾在脑中过了一遍来龙去脉，算是明白了现状。她满心惆怅地走下台阶，道：“我不太喜欢组里现在的风气，我是说，吴老师这里。”

“没办法。”肖然继续往下走，“眼红傅导的人很多，他们未必真的希望傅导多悲惨，只是见不得她出风头吧。”

胡鸾静静地思忖了片刻，问：“你呢？”

“我什么？”

“睿白姐说你也想去她的组，现在她这样，你还想——”

“还想。”肖然语气坚定地说。

胡鸾听了很高兴，三两步跃下台阶。

“不然咱们一起走吧，不留这儿糟心了，跟着睿白姐，总不担心没节目做。”

肖然笑着摇了摇头，迎上胡鸾满含期待的目光：“要走也不是现在。”

“不是现在？”

肖然点头：“我希望这个节目有始有终，不只是我，我希望你也能坚持，跟完荒岛的后期，等它上线播出。”

胡鸾茫然地看着她。

“吴老师让我主跟，代表我对剪辑有一定的控制权，我跟了录制，至少能对节目负点责，可要是把权力交出去，给组里任何一个人我都不放心，我不相信他们。”肖然目光闪动地对胡鸾说，“但我相信你。”

“我？”胡鸾难以置信地指自己，她还是个新人啊！

“对，你，睿白姐对你的评价很高，节目前期你参与了策划，中期跟了录制，不跟后期太可惜了。”

“可是睿白姐会不会失望？会不会觉得，我们这么做在背叛她？”

“必要的时候，我们可以一起去找她说，讲明白，她会理解的。”

肖然的说法把胡鸾推入了一个两难境地，这使得她的心情有些沉重。明明昨天她还在有睿白姐的群里和她底下的导演们开玩笑，今天她就被当成“叛徒”了。

做离开的决定原本对她来说很容易，去找吴老师坦白就可以。可肖然的话又不无道理，她清楚地明白，无论从做事原则上，还是从专业性的角度上，她都应该跟完节目后期。

和肖然在楼梯间的谈话结束后，要做选择的这层愁云始终萦绕在胡鸾头顶上。

傍晚，颐立果来接胡鸾看房，一上车，他就盯着她瞧了好半天。

“咋不问我这大奔哪来的？”他拍着方向盘上的logo，语气夸张地问。

“哪来的？”胡鸾转身系好安全带，神情敷衍地问。

“问刘生龙借的。”

“哦。”胡鸾配合的兴致到此结束。

“咋不问刘生龙——”

“你好好开车，我静一静。”

被粗暴打断的颐立果冲着后视镜使劲地努了努嘴，满脸委屈的样子：“好凶哦你。”

胡鸾打开车窗透气：“我心里烦着呢。”

“为睿白姐的事儿？”

“你也听说了？”

“肯定的啊，这么大的事儿呢！”颐立果发动车子离开广电大楼，“几个负责人被叫去开了一上午的会，下午就周知了。”

“你们那边怎么看？”

“能怎么办？制片组是公共部门，管不着这事啊。”

胡鸾短暂地犹豫了片刻，还是把下午和肖然的谈话复述给了他，末了，她补充道：“我还没想好到底要怎么做。”

“肖然说得挺对，”颐立果换了个严肃的语气说，“眼下最重要的事情不是表忠心，而是别让你们前边做的事儿废了。”

“所以你们都觉得，表忠心这事儿不重要？”

“都重要，但也得分轻重缓急吧，你如果担心睿白姐难过，可以去找她聊聊，不过我劝你这几天先别轻举妄动，台里今天开会她都没来。”

“啊？”

“可能前几天就知道结果了吧，周雾经纪人闹得凶，完全不肯善罢甘休。我听周雾的助理说，周雾他妈和姐弟俩都吵翻了，最后还是当妈的赢。”颐立果道，“睿白姐以前在台里还有点发言权，不过在这事儿上没有。你没注意最近网上风向吗？睿白姐的微博都被粉丝攻陷了，谁带的？还不是周雾团队，不就怕周雾优质偶像身份破灭，女友粉脱粉，所以拿咱们台里当冤大头，说咱们恶意营销炒作呗。”

胡鸾惊讶地看着他：“你一个男的，怎么知道这么多粉圈的事？”

“开玩笑，你以为我加的那些粉丝，工作人员，都是白加的？”

胡鸾朝他比去一个大拇指：“所以，照你的意思，周雾团队找咱们台里背锅，台里再把这锅甩给睿白姐？”

颐立果皱起眉：“我还没想到这一层，反正睿白姐今天没来上班，人也消失了，龙龙说她不回微信也不接电话。”

“她一定很难过。”胡鸾忧伤地低头道。

“她没你想的那么弱。”说话间，车已开到目的地小区，颐立果伸手拍了拍胡鸾的头顶，“这会儿她不露面肯定有她的考量，你别想太多。”

两人在广电附近的小区看房，连看了三处房子后，颐立果在小区便利店买了两份米浆，递了一份给胡鸾，领她在偌大的小区里散步。

秋夜的风带着凉意，助人冷静。胡鸾反复想着节目、睿白姐，三套房子都没仔细看，就是一直走着。

走到小区湖光粼粼的人工湖边，胡鸾才骤然想起问颐立果：“你觉得哪套比较好？”

“哪套都不好。”

“啊？我觉得都还行啊，合租房，哪能要求那么高。”

“反正只要是合租房，我都觉得不好。”

“哪里不好？你是不是瞧不起合租？”

颐立果摇头，默默地把喝米浆的吸管叼在嘴里，一副优哉游哉的模样。

胡鸾不得已出手摇晃他：“快说！”

“说什么？”

“合租房哪里不好？”

“就，”颐立果停下步子，眨巴了两下眼睛，“我去不方便啊。”

未防他说这个，胡鸾登时脸烧起来：“你态度能不能认真点？”

“不能，”颐立果一脸无赖的笑容，眼神忽而落向胡鸾手里塑料杯上插着的吸管，“你都不知道我多想当那根吸管。”

胡鸾重度害羞之下举手作握拳状：“我提醒你别再乱说话了啊。”

“我也提醒你，我们好久没……”他用手指戳向自己噘起的嘴，“它很想你。”

胡鸾伸手要捶他，被一把抓住，小打小闹变得像调情。颐立果右手还握着米浆杯呢，竟然那么轻易地环住了她。

发起攻势前，他最后的话说在她嘴边：“你都不知道我有多饥渴，连睿白姐的醋都吃。”

他说话时，吐出来的气息是甜甜的，再加上这么一句话，简直腻得发慌。

胡鸾起先还硬气，到此时全身发软，整个人像中了蛊一样，大脑变得像糨糊，挂心一天的烦恼也像天幕上模糊的星，远到银河系外去了。只依稀记得颐立果似咬非咬地沿着她的耳郭说：“跟我一起住吧。”她好像没拒绝。

（2）

《岛上生活》的后期工作非常不顺利，为了彻底清除傅睿白对节目的影响力，吴穹特地外聘了一支后期团队，后期责编也换了人，这直接导致节目前期和后期在剪辑思路上不合。

胡鸾原本还对成片有一些新想法，经不住意见反复被挑战，才一周时间，便已筋疲力尽。

就在这个灰心丧气的阶段，胡鸾终于接下张天放的邀约，不过为了避嫌，她和他约在广电中心的星巴克见面。

推开咖啡厅大门，张天放先发现了她，他坐在落地窗的拐角朝她招手，胡鸾提不起笑意，只是点点头回应他，给自己点了一杯热美式。

“瘦了不少。”张天放一眨不眨地盯着她，“很累？”

胡鸾给他递了个无奈的表情。

张天放的目光穿过她往四周扫了一圈：“到处都是聊节目的，谁说现在是综艺市场寒冬了。”

胡鸾也顺着他的视线往后看，其实进来后她完全没注意到店里环境，注意力像被掏空了一样。

“放哥没出去玩吗，旅行什么的？”她问。

“你放哥是那种没仁义的人吗？”张天放压低声音，“傅老师还在流放呢。”

“你是为了睿白姐留下的？”胡鸾惊讶道。

张天放没说话，耸了耸肩以示肯定："她把我从北京找过来的。"

胡鸾难以置信地看着他，这时，前台的咖啡师在喊"胡小姐"，她的热美式好了。

春森的天气已经入秋，傍晚夕阳如血，外面的香樟树偶尔落下几片叶子，胡鸾喝着咖啡，忽然笑道："睿白姐的名字好像是咖啡。"

"个性也挺像。——我是说和馥芮白。"

"不知道她现在情况怎么样，"胡鸾低垂视线，"豆子姐说她不希望任何人现在去找她。"

"嗯，可以不找她，但可以帮她。"张天放语音沉沉，"这就是我今天找你出来要说的，重要的事。"

胡鸾抬头看他，没想到他真有重要的事，亏她还多想。

这之后，张天放突然凑近她，声音放得更轻："我知道你在跟后期，我还知道你们进展很糟糕，我有个很损的招，没跟其他人商量过，吴穹那边只有你还靠得住。"

胡鸾瞬间来了兴致："什么损招？"顿了顿，她补充道，"先申明，我在组里其实没什么发言权，没人听我的。"

"不重要，"张天放挑眉道，"你只要多添点乱，保证八号交的粗剪不过就行。"

"添……乱？"

"你没听错，这个节目是傅睿白做的，只有她能盯好后期，剪出高质量的成片——我需要那帮审片的领导这么想。"张天放吐字缓慢地道。

胡鸾把他的话消化了一段时间："可是现在，负责后期的导演是肖然姐，她希望把片子剪好——不过她应该也很想帮睿白姐，我是不是可以和她坦白？”

“别了。”张天放果断地说。

“为什么？”

“我和她不熟。”

“可是以我一个人的能力——”

“或者你先试探试探她，不要一开始就露了底，这种损招不太好控制，也不磊落，用不好会适得其反。”

胡鸾似懂非懂地点头。她还需要时间想清楚他这个损招里到底有没有漏洞。思路调转，再看张天放，她有些佩服他，不管这种招数怎样，至少他在努力帮睿白姐。

张天放的建议，胡鸾在隔了两天后向肖然透露。彼时，整个后期组都在忙剪辑，第一期审片是十月八日，眼看着，时间不多了。

肖然脸色凝重，这段时间，她的压力一直很大，吴老师几乎不插手后期工作，很放心地全权交给肖然负责。

然而后期团队也是临时组建，很多是台里的资深老人，大部分时间根本不愿意听肖然的指挥，有时候即便是吴穹团队的前期策划们，在讨论时意见不合，也会当面给肖然甩脸色。胡鸾看在眼里，深感总导演责任的巨大。

“你希望睿白姐回来吗？”胡鸾递了一杯颐立果中午刚给她送来的奶茶给肖然。

“谢谢，”肖然接过奶茶，两人照旧在楼梯间一边慢行一边说话，“回哪儿？”

“回来盯项目啊。”

“章总摆明要给她下马威，这项目不会让她回来的。”肖然道。

“如果情况是……除了睿白姐，谁也没法把节目后期盯出来呢？”

肖然脸色陡变，看向胡鸾，胡鸾迎上她的目光。在胡鸾的眼睛里，肖然发现了她自己看不明白的东西。

“胡鸾，这个世界上，没有什么事情是只有某一个人能做的。”肖然说。

“我不是那个意思，我的意思是，我们可以帮睿白姐的。”

肖然眼中疑惑愈深：“怎么帮？”

“我们可以，用我们的办法，”胡鸾回忆起张天放的话，“让台里领导认为，这个片子只有睿白姐能剪好。”

肖然沉默地看了她一会儿，忽然移开视线：“乱乱，我不觉得这是个好办法。”

“为什么？”

“我很愿意帮傅导，但绝不是以牺牲这个节目的质量为代价。”

胡鸾怔住。其实在张天放提出这个建议的时候，胡鸾就隐约感知到哪里不对，可刚刚肖然说的话，很简单，很通透，直指问题的症结所在。

是啊，这样做太不专业了，胡鸾羞愧地想。

“就当我没提过吧。”她对肖然说。

肖然按住她的肩膀：“一起努力吧，不管之后我们是留在这儿还是出去，总得把这个事做好，做完，问心无愧才行。”

胡鸾点点头，目光真诚地表示认同。

胡鸾在为帮助傅睿白而奔走的时候，傅睿白也没闲着。

傅睿白在郑迪的别墅见了此次负责荒岛节目的主剪辑师，这位年纪很轻的男剪辑师刚把硬盘交到傅睿白手里。

“那天晚上的合版里只有这些，破案就靠你自己了。”主剪拍了拍傅睿白的肩膀，“我还得赶回去，不然容易被怀疑。”

傅睿白躬身朝他做了个拜谢的动作：“谢你一大家子。”

“王八蛋，这是在拜祖宗吗？”主剪笑着挥手，由郑迪送出了门。

傅睿白目送他离开，转身笑容一敛，将硬盘插到电脑上，她必须集中精力看这一点点“偷”来的素材。

郑迪很快回来，他在傅睿白身后的沙发上坐下。

“别坐地上行吗，天凉。”话毕，他给傅睿白扔来一个抱枕。

“谢了，哥。”

“这点东西能看得出来是谁吗？”

“还没看完，看完再告诉你。”傅睿白头也不回地说。

半个小时后，傅睿白把那点画质极差的素材看了五遍，最终将“嫌疑人”锁定在五个人身上，这才放任自己的感官去感受周遭世界，然后她闻到开放式厨房里传出的，浓郁的烤羊排的香气。

“饿了。”她搓着肚子走去厨房，见郑迪戴着手套在给羊排洒酱料，“这羊排你在岛上也做过一次吧？”

郑迪轻应了一声。

“我当时在监视器上看得都快馋死了，你说这世上还有什么是你郑老师不会的，我这辈子就你这个朋友，抵万金。”

郑迪被她说得直摇头。

“素材里看得出是谁吗？”他问。

“五个嫌疑人，三个摄像，两个导演，其中还有一个是豆子。”

“豆子？”郑迪满脸震惊，“你的副导演？”

傅睿白点头，眼神牢牢地盯在羊排上："我看了五遍，想找点镜头给她洗清嫌疑，没找到。在那个时间点，她确实和其他人的嫌疑一样大。"

"所以，你是觉得——"

"我没觉得什么，"傅睿白打断他，"我就是，先提前把最坏的结果想一想，以免事到临头像个傻子一样。"

郑迪眼神一黯，低下头继续处理羊排："要找出是谁干的，你打算怎么办？"

"简单！"傅睿白浑不在意地说，"总得让他比我惨上十几倍吧。"

郑迪不置可否，羊排这时候已经可以吃了。

这顿羊排是傅睿白近半个月以来吃得最踏实的一顿，等了许久的证据素材，加上知道节目后期进行不顺利，促使她食欲大开，羊排吃了好几根，红酒也喝了两三杯。

酒足肉饱，她整个人盘坐在郑迪家舒适度极高的餐椅上，恨不得今晚就睡在这里不走了。

郑迪把餐厅灯调暗，顺便和她碰了碰杯。

"一直没敢问你那天晚上发生的事，怕你觉得我三八，也顾虑到你可能不想讲，"郑迪小心观察傅睿白的脸色，"你和周雾，是不是发生了什么？"

"就亲了一下，没别的。"

郑迪喝酒的动作一停，很长时间没说话。

"没办法，年轻肉体太美好，尤其他还喜欢你，你根本没法拒绝——这世上应该没几个女的能拒绝——所以我让他亲了，后来老天有眼，我们一起掉进海里，特尴尬，就散了。"

这段故事傅睿白说得很轻快，于她而言，这是段美好回忆，她并不避讳告诉郑迪。

“你呢？对他有感觉吗？”

“爱的感觉没有，亲一亲抱一抱，我承认，当时有的。”

“现在呢？还有？”

“偶尔还是会回味一下吧，别的多余的，说实话，真没有，”傅睿白仰头喝酒，“我和他不只是两个时代的人，还是两个世界的人。”

“我印象中你不是在意年纪跟身份的人。”

“一般人当然不在意，问题是周雾是一般人吗？他这种人，再喜欢我，哪怕能为我去死，我也不可能和他怎么样的。”

“因为陈述？”

冷不防听到陈述的名字，傅睿白下意识地心一震，送酒入口，道：“就算没有陈述，也不可能。”

“不太明白你的意思，你都想跟他亲一亲抱一抱——事实上你们也这么做了，性吸引有了，男人女人之间，不都这么开始的吗，你把话说这么死，听起来像立flag。”郑迪悠悠地道，“况且我和周雾接触蛮久，他思想挺成熟，人真的挺有魅力。”

傅睿白看着他：“你这是要撮合我跟他？”

“我是想帮你认清自己。”

“你不明白，”傅睿白无力地笑了笑，“你是你，我是我，我说和他不可能，绝对就是不可能。郑迪，你应该找个好人，谈段正经的恋爱，谈完你会懂的，性吸引这种恋爱，相比起精神层面的共振，肤浅又短暂。我到现在这个年纪，只在陈述那里体验过这种高潮，你要实在不明白的话，我给你简单形容一下。”

说到这里，傅睿白双脚站上餐椅，扶着桌面，躬身摇摇晃晃和郑迪碰了杯："就好像这种响声，得是两个杯子，在一起，碰了撞了，才会有的。"

"我确实没怎么正经谈过恋爱，"郑迪苦笑道，"这么多年，碰上的好人，正经人，数来数去也就只有你而已。"

"这倒是大实话，我这么卓绝的女人春森不多。"

"不然，"郑迪突然语调一扬，"你和我谈谈？教教我什么是精神共振？"

傅睿白怔住。

"我说真的，"郑迪讨好地笑起来，"和你认识这么多年，一直没想过要和你谈恋爱，也是最近看你遇到这么多糟心事，看你被打压，费心找人报仇，我在边上看着，很心疼，突然动了心思。"

"郑迪你是不是喝多了？"傅睿白皱眉道。

郑迪用力地摇了摇头："就算喝多，我也是清醒的。白白，我们年纪都不小了，谈不起年轻人那种撕心裂肺的爱情，以前互相扶持过，为什么以后不能干脆有名有分地继续在一起呢？我吧，钱挺多，也有一些投资，养得起你，你可以完全不用工作，不用和你不爽的人打交道，只要你想，你可以在家待着，也可以随时出去玩，旅游，开店，想干什么都行。"

眼见郑迪越说眼睛越亮，傅睿白的心却一点点沉下去。

她晃了晃杯中红酒，酝酿了一会儿，最终把酒杯放回餐桌，起身离开餐椅，在郑迪不解的目光下，沉静地道："对不起，郑迪。现在真不是凑热闹的时候。"她极力让自己脚步坚定，坚定地走向沙发拿包和电脑，"不好意思，厨房要麻烦你一个人收拾了。"

"为什么？"他沉闷的质问声在傅睿白身后响起。

傅睿白因而顿足，深吸了一口气，叹息着说："是我没有想到，你竟然这么不了解我。”

(3)

傅睿白：为什么我需要你的时候你永远不在?

——手机在秘鲁丢了，一直没再买。

——刚借了一个同胞的手机登微信。

——（59秒语音）

咖啡厅是公众场合，不方便开声音，傅睿白长按语音，等待这段语音转换为文字。

这是那天晚上从郑迪家离开时，她和陈述的聊天记录。她的消息发出去，陈述的回复隔了几个小时才到，语音是另一天发的，傅睿白都没有再回复。

——认识你这么多年，在很多时候，白白，我总觉得，担心，担心这一关你估计闯不过去，我有时候会特个人英雄主义地想，是不是到了我出手救你的时刻。作为一个师父，你知道，都有那种心理，护犊。可你总是让我意外，惊喜，每一回，真的每一回，你都自己闯过来了。说实话，你比师父厉害，不要怀疑自己，永远不要。

看完文字，傅睿白还是忍不住将手机放到耳边听，这条语音其实她已经听了很多次，很多很多次，再听还是让她感到熨帖，仿佛心脏被什么东西包裹着，暖热又温柔，是她对抗所有意外的力量。

章茜迟到了十五分钟。

这位年近五十的女领导打扮入时，身上全是奢侈品牌，妆容也是流行款，一头长发下来，完全看不出真实年纪，她在傅睿白对面落座，招手让服务员过来点单。

“还好这个点没什么人。”她低头翻看菜单，语气随意地道。

傅睿白心中猜测着章茜此行的用意，是找自己回去，还是让自己继续这么待着，又或者还有什么别的可能，她低头抿咖啡，没有回应章茜假意的寒暄。苦咖啡入口，她品出糟糕的味道，生杀大权握在别人手上的滋味。

点完单，服务员离开。章茜玩了一会儿手机，傅睿白注意到她开了静音，随后，她终于抬起头来。

“最近怎么样？”章茜的神情似笑非笑。

“还好。”

“节目第一期出来了，你听说了吧？”

“不知道，没关注。”

“效果不太好。”章茜丝毫不介意傅睿白的冷淡，仍用那副表情道。

“是吗？”

“跟我这儿，就不要揣着明白装糊涂了，你让人帮你查事情，我早知道，还是睁只眼闭只眼，想着咱们这么熟，给你这个面子。”

章茜话说到这里，傅睿白意识到接下来的谈话很可能会很艰难，她反复摩挲咖啡杯的把手，让自己冷静：“莫名其妙被人陷害，想找出是谁干的，无可厚非吧？”

“哦？你确定是‘莫名其妙’被陷害吗？”章茜神态放松地后靠向椅背，“查了这么久，查出来是谁了吗？”

“差不多了。”傅睿白道。

“打算怎么办？”

“您觉得呢？”

听完傅睿白的反问，章茜脸上做作的笑意变成嘲讽：“如果我没弄错，你现在只查到三个有机会拍那段视频的人，其中还有一个是豆子，你问我打算怎么办，具体是要针对谁呢？或者，三个一起？我感觉你做得出来。”

傅睿白没想到她知道得这么多。

这时候服务员送来咖啡，章茜姿态优雅地端起咖啡杯喝了一口。

“在日玻岛的时候我就说过了，你所有的信息网、资源、人脉，都是台里给的，你找的那些人，哪怕跟你私交再好，也还是在台里干活。你们这几个人，老弄不明白，离了台里，你们真的，什么都不是。”章茜笑着说。

自从章茜走进这间咖啡厅开始，脸上神情就始终松弛得令人讨厌，傅睿白渐渐失去听她说教的耐心，直言道：“你今天找我如果还是为了说这个，方便换个时间约吗？”

章茜定定地看着她，眼神仿佛一把锐利的手术刀：“上线时间紧，我打算让你的人去盯后期。”

傅睿白面上露出冷笑，为她的来意：“你给我停了职，工作安排是不是可以直接找他们自己聊？”

“当然可以，”章茜继续笑着，“你用不着得意，我现在找你聊没别的意思，只是不想最后让你难看。

“今年综艺市场不行，台里缩编，减人，想必你也听说了，你手下二十多个人，一直占着位置不干活，早有人看不惯，来找我挪编制。你也别觉得荒岛这个节目只有你或者你的人能剪，我完全可以找更好的团队来负责，外聘，给够钱就行，说到底，你傅睿白也不是专门做这类节目的人。

“我在这儿苦口婆心跟你说这么多，还是那句老话，冲陈述的面子，我欠他是挺多，不欠你傅睿白一分一毫。”

傅睿白突然感觉冷。她到这时终于真正明白章茜的用意，不是给她台阶让她回去，甚至没有提过这茬儿，想必根本没有这个打算。末了，章茜还用团队的人威胁她，她傅睿白当然可以完全豁出去，潇洒地来去自如，哪怕这口气没争下，她不愁出路，可是她手下这群小朋友不行。

“我需要时间考虑。”傅睿白最后说。

傅睿白花了两天时间考虑，这期间她把父母赶去新房，自己在老房宅居，除了外卖，几乎断绝一切外界联系。她想让自己撇开一切社会关系，以清醒的思路去考虑接下来的决定。

事实上，章茜的话带给了她漫长的余震，她想到辞职。

这一晚，听到门铃响，傅睿白下意识地以为是外卖，披头散发走去开门，门开了，才骤然想起自己晚上没点外卖。

可惜，门已经打开，门外站着的人当然不是外卖员。

“刚睡醒？”陈述的目光在她头发上流连，语气带着笑意。

傅睿白立刻伸手关门。

陈述用手臂挡住，傅睿白因而看见他手上拎的东西，他提起手里的保温桶对她说：“给你带了点鱼头汤，我爸烧的。”

傅睿白避开他的视线。

“你如果不想见我，先收下这汤，还有这个，”陈述另外那只手上也提了东西，像是一个环保袋，“到处淘的，都是小东西。”

他把两袋东西都向傅睿白递过来。

傅睿白清了清嗓子，一边低头接过他的礼物和鱼汤，一边问：

“什么时候回来的？”

“中午一点多，下午在家睡了一会儿，洗了个澡就过来了。”

“今天回来的？”傅睿白对他的答案感到意外。

“嗯。后来在西班牙住下来，看了新闻……”

他停顿太久，傅睿白禁不住抬头看他。

陈述眼神专注地凝视着她，像一束探照光，在傅睿白布满灰霾的心境里穿梭。

被他这样看着，傅睿白突然鼻子一酸，继而眼睛一酸，然后是喉咙，心口，莫名委屈，她动作慌乱地往后退了一步，想要关上门。

陈述直接推开门走进来。

“你这样子我走不了。”他不容拒绝地说。

等他进门，傅睿白才打开客厅的灯，顺便关了自己的房间门。

“你爸妈不在？”陈述问。

“去新房了。”傅睿白掠了掠头发，引他进餐厅，路过拐角处的玻璃墙时，她发现自己的状况很糟，脸色惨白、头发凌乱，睡衣也皱得一塌糊涂，对比起陈述的干净整洁，她断定自己没法见人，“你先坐，我去洗个澡。”

“不吃点东西？”

“你不是用保温桶装的吗？不急。”傅睿白边往房间走边说。

她在衣柜里翻找了一番，挑出一件贴身的丝绸睡衣。

之所以挑这件，傅睿白确认自己怀揣了不良居心，只是这点居心她没有细究。

直到站在浴室花洒下洗澡，热水淋下来，她把沐浴露在身上缓缓打出泡泡，脑中纷繁复杂的事务、近期遭受的各方压力、对陈述的感情，毫无章法地搅扰在一起，拉扯、纠缠。

傅睿白恍然感觉到自己内心有头欲望的怪兽被惊醒，莲蓬头的水温四十二摄氏度，她猜自己身体的温度应该超过五十摄氏度。

她想，要和陈述发生点什么，她甚至回忆起刚刚在他身上闻到的气味，不是熟悉的烟味，而是一种更清爽的味道，大约是夜风和西柚味沐浴露在空气中交合过的残留。

傅睿白无限放纵地想，她得和他缠绕在一起，最好大战很多个回合，顺便验证早年在饭局上听说的，他本人从未否认过的，关于他床技好的传闻。

那是一道隐秘的记忆，当时她对他还处在懵懂的暗恋中，获知这一讯息后，自然而然地，对他的喜欢便隐隐包裹上了一层难以启齿的桃色韵味。

傅睿白关上花洒，擦干水，柔软丝滑的睡衣握在手里，她禁不住冷笑了一下，这件睡衣当然不是她“随手”挑的。

湿发她只简单吹了几下，抹开镜子上的水汽，傅睿白最后给自己拨弄出一个看上去撩人的发型，她给自己催眠，她对他而言，是有魅力的。

洗手间的门打开，傅睿白的心脏提到嗓子眼。她缓步前行，走去餐厅找他，然而一眼扫过去，视线的水平距离范围内没有看到人。

傅睿白走去客厅，意外地看到躺在沙发上的人，他睡得很熟。

那一瞬间，傅睿白心脏落回原地，体温同时骤降，阳台外有夜景，是小区里其他人家的灯火，傅睿白自嘲地看着玻璃窗上的倒影，笑了。

世上也许真有上帝之手这种存在，她分外清醒地想。

傅睿白将半湿的头发掠去耳后，放轻了步子重新走回房间，脱下丝绸睡衣，换了一件得体的服饰，而后，放空精气神，打开陈述带来的鱼头汤，静静地喝着。

鱼头汤炖得很浓，傅睿白喝得很满足，等汤喝完，她把保温桶拿去厨房洗，也不知道是不是水声太大，保温桶洗好后，陈述醒了。

“不好意思，”三十多岁的男人抬手搓眼睛的动作像三岁的小男孩，一脸茫然地抱歉道，“太困了，飞机上没睡好。”

傅睿白把保温桶装好递给他：“汤我喝了，你回去休息？”

陈述没有接话，半倚着墙注视她，隔了半晌，他笑了：“这算不算是过河拆桥？”他接过保温桶，顺手把它放在一旁的置物架上。

“你要是困，回家休息比较好，这么辛苦赶来看我，我怕我会多想。”傅睿白刚用洗洁精洗了手，擦干水，走去洗手间拿了护手霜抹起来。

陈述在洗手间门口的椅子上坐下，那是张靠背椅，他反身坐着，胳膊抱着靠背仰望着她：“我确实是辛苦赶来的，看你，不用多想，我说过了，在西班牙看到你的新闻。”

“哪个新闻？周雾？还是——”

“不要阴阳怪气。”他冷声打断她，“我来找你不是为了吵架。”

傅睿白没接话。

“下午我找了吴穹问情况，他说你在查谁拍了那段视频。”

“我查了，所以呢？”

“准备怎么办？”

这是近期第二个问她怎么办的人，傅睿白心念一动，忍不住反问：“你猜呢？”

“我猜你会算了。”陈述淡淡地说，“也许一开始想报仇，现在平静了，会既往不咎。”

傅睿白怔住。

“看来我猜对了。”陈述一眼不眨地看着她的眼睛说，“章茜也找你了？”

傅睿白靠着墙站，不想再被他看穿心事，于是低下头。

没想到陈述也很长时间没说话。

两人相对静默了许久。忽然，陈述从椅子上站起来，径直走去餐厅：“看看我给你带的礼物吧，白白。”

傅睿白站在原地愣了愣，抵不住他语气中那缕令人无法拒绝的宠溺，终是抬脚迈步走到他面前。

他把环保袋里的东西小心地倒在餐桌上，满桌都是花花绿绿。陈述在她对面坐下，拿起其中一个圆形的物件，笑着说：“这是秘鲁的葫芦雕，这是个盖子，打开，你可以用来装小东西，上面的雕刻很精致，你看，这是桃花色，这只是镂空雕。那家店镂空雕多，我本来想给你带浮雕，后来想，这玩意儿太大只，就没再多买，也是想着这个桃色是你喜欢的，啊，除了这只葫芦雕，还有这块红纹石，阿根廷淘的，粉得很周正，说起这块红纹石……”

“陈述。”傅睿白面色沉静地打断他，“这套礼物，你准备了几份？”

陈述瞬时收起笑意：“一份，就你。”

“什么意思？”

陈述抬眸看她，眼神中暗含某种坚定：“傅睿白，”他沉声喊她的名字，照旧激得她心一颤，“你知道的，和我谈恋爱，容易压力大。”

“我不知道，我没和你谈过。”

“我一向对人要求很高。”

“这倒是。”

“我一直不认为自己是个好的恋爱对象。”

“所以呢？”

“所以你那么多次的明示暗示，我不是拒绝你，我是没信心。”

傅睿白毫不避讳地冷笑了一声。

陈述的脸色在转瞬间变得凝重，慢慢地，又松弛下去：“我戒烟了。”

傅睿白很震惊。

“在巴西待了一阵，图新鲜，去了西部一个有名的烟草农场参观，你知道吗，烟叶本身其实绿油油的，特可爱，要经过一些工序才能变成香烟。香烟的类型按工序分有烤烟、晾烟、晒烟，”说到这儿，陈述脸上陡生出笑意，“中国人能把绿油油的叶子变成梅干菜、酸菜，巴西人却能把它们变成香烟，对比着想，是不是很有趣？”

傅睿白沉默地看着他。

陈述神情无奈地耸了耸肩：“然后我就戒烟了，我知道，很莫名其妙，人都这样，以为甩不掉的东西，改不掉的习惯，改起来也许很容易，好像得到某种神谕。”

神谕这个概念，半个小时前的傅睿白也体会到了，除了今晚，上次和周雾亲密过后的落水也是。

“我对你有执念，”他定定地看着她说，“没法逾越，过去我不想承认，有个念头，也许我从一开始就有，我不敢承认，那很丑陋。”

“现在呢？仍然觉得丑陋吗？”

“不，”陈述摆手，“不是你丑陋，是我，我刚刚说的，也许我从一开始就没有把你当徒弟。”

傅睿白心口抽搐了一下，疼得厉害。

“有一次你问我，男人和女人之间有没有纯友谊，我没正面回答你，当时我很慌乱，我知道自己的答案是没有，所以我反问了你。”

“你问我和郑迪……”傅睿白很快回想起那晚的对话。

陈述苦笑着垂眸：“我太在意那个在你心里完美的形象了。”他的语气里有落寞的自嘲。

“所以你一直和别人谈恋爱？”

这回是陈述冷笑出声，很轻，带着凉意：“你好像也一样。”

沉默，无声的沉默。

傅睿白刚刚一时间完全受情绪支配了语言，说出口和听到的话都没来得及消化沉淀，是陈述一句“你好像也一样”，让她横冲直撞的情绪有了缓冲。她陡然意识到，他话里有自己经常在梦里才敢想象的暧昧。

“我想辞职。”为了给自己“降温”，傅睿白往后退了几步，背靠着墙面，勉强把话题引到别的地方。

“考虑清楚了？”

傅睿白点点头：“你怎么看？”

陈述垂下眼帘，他的睫毛在眼睑下方投出阴影，是傅睿白难得在他身上看到的，类似于乖巧的模样。

他思考的时间并不长，很快抬眸看她：“考虑清楚了就辞吧。”他眼神冷静地说。

“裸辞吗？”

“这问题该问你自己吧？”

“我没想好。”

“所以这算考虑清楚了？”

傅睿白耸了耸肩：“对辞职这件事考虑得很清楚，辞完职去哪儿，还没开始想，或者我可以像你一样，gap year什么的，也去环游个世界，都是选择。”陈述静静地听她说着，神情未露出明显的认可或不认可，倒令傅睿白感到奇怪，“不给我建议吗？不像你。”

陈述笑了，忽然将手肘支在椅背上方，以放置他的脑袋：“我什么时候给过你人生方向的建议？”

“没有吗？”

“没有。”

“那为什么我觉得你有？印象里，你总是提醒我这个，建议我那个，好像我总是做错事一样。”

这么说着，傅睿白脑子里确实浮现出不少他“教育”自己的情形。

怪的是，这段回忆里，她竟然是上帝视角观看自己无措和为难的表情，这么多年来，她心里无时无刻不绷着一根弦，她得变得优秀，她得让他对自己无从指摘。

陈述目光沉静地看着她，好半晌没有说话。傅睿白视线落到别处，猜想着他在想什么。

“看来我也给你造成压力了，我以为我只在感情中有这毛病。”他带着些颓丧的语气说。

傅睿白低头：“人在不清楚自己要什么的时候，很容易因为没有方向而懈怠，我本性不是个安于现状的人，所以，压力对我而言是好事。”

“很通透。”陈述赞许地说，“让我很骄傲。”

“作为老师吗？”

陈述没有立刻回答，过了一会儿，他的声音轻了些：“也作为一个男人。”

傅睿白神色意外地看向他。

“你毕业刚来的时候，很多人来跟我打听你，开些上不得台面的玩笑，那时候我特别反感台里某种风气，所以很注意和你保持距离，包括夸你，都很少。让你以为自己差劲，很抱歉，确实是我的原因。”

傅睿白低头，以掩饰自己的情绪。

她知道他说的风气是什么，一直都知道，所以才会这么久，这么长时间地欣赏他。

年岁增长，见人见事越多，越懂得品性的可贵，陈述的存在是很多时候傅睿白在人生岔道口的指示牌，是他的高尚和自律让她相信，人的恒久魅力源于精神力。

好比他和郑迪，同样是辞职，哪怕是裸辞，郑迪会说他养她，陈述会让她自己想清楚，并且支持她的决定。听上去似乎郑迪更让人感到贴心，但只有傅睿白本人更能直观地感受到差别，陈述尊重她，欣赏她，并时刻让她感觉自己很棒。

“不用抱歉，我都明白，”傅睿白抬头看着他说，“不说我了，说说你，这回回来，还会再出去吗？”

“要等等，还没确定。”

“等什么？”

“一个事情的结果。”

“还是打算去北京当人家的合伙人吗？”

“不了，”陈述语带笑意，“这趟出国，发现自己不适合做节目。”

“怎么说？”

“简单，现在的综艺市场是年轻人的受众市场，我的审美和个人喜好——用个粗暴的词来形容就是——过时了。”

傅睿白静静地盯着他看了一会儿，想辨别他眼里的情绪，确认他的眼神宁静而坦然后，她说：“照你这么说，我也过时了。”

“没有啊，你对综艺的直觉很准确，女性的天赋吧，大概是。现在的综艺受众主体绝大部分是女性。”

“这倒是。”

“说起创业……你想过创业吗？”

“想过，没往深了想，这不是个小事。事实上，我最近觉得章茜说得对，可能我太相信自己的能力，忘了台里的支持。”

陈述在听到“章茜”两个字的时候，眉头已经皱起来，听完傅睿白的话，他的眉头皱得愈深：“我不能否认这点，但同样的，如果台里的支持真的这么有效，为什么春森卫视几千号人，只有一个傅睿白？”

傅睿白没往这个角度想过，所以听到这段话，她情不自禁地笑了。

陈述也笑了。

没过多久，陈述突然抬手看了看表：“这个点，你得休息了。”话毕，他从椅子上站起身，“这段时间我都在，你随时可以找我——不过我买的手机可能明天才到。”

傅睿白贴墙站了一整晚，这会儿要送他走，终于离开墙面，到门口，她乍然想起一事，惊道：“啊，忘了保温桶！”于是又转身往回跑，在刚刚陈述放的置物架上拿了它，重新走去门口。

接保温桶的时候，陈述脸上有笑意，他用左手接的东西，右手极自然地伸过来，轻轻落在傅睿白头顶：“不要想太多，好好睡觉。”

她愣了几秒，很快回过神，来不及斟酌，问话脱口而出：“这是，导师还是——”

“作为男人。”陈述果断而迅速地接过她语无伦次的话，“走了。”抬腿迈步前，他笑着冲她挥了挥手。

傅睿白想，如果她的心脏是某种飞行器的话，此刻的飞行速度，应该超过地球上已知的最快的速度了。

她再也不用压抑自己，强迫自己去想，他对自己毫无感觉了。

（4）

傅睿白隔天约了豆子。在决定辞职之前，和豆子的这场谈话很重要。

地方是豆子选的，一家外地甜品连锁品牌店。她说这个地方安静，音乐好听。

傅睿白到的时候外面在下雨，她把车停在商场楼下，等电梯上楼时，陈述给她发了一条微信。

——新手机搞定了。

傅睿白没有回。

豆子到得早，坐在一个昏暗的角落朝傅睿白招手，笑容很甜。

“睿白姐你看你要喝什么？”傅睿白落座后，豆子把菜单推到她面前，“这家的芋泥奶茶好喝。”

“就芋泥奶茶吧。”

“好嘞！”豆子笑着招呼服务员来点单。

奶茶上桌前，她照常汇报工作，大略地说了一下团队人员近期的动向。末了，为表忠心似的，她眼神坚定地说：“睿白姐你想跳槽还是出去单干？不管你去哪儿，我都跟着你。”

服务员端来两份奶茶，豆子动作熟稔地替傅睿白摆好，教她怎么喝这份奶茶。

傅睿白一边照做，一边问："章茜没找过你吗？"

豆子的动作停下来，傅睿白禁不住抬眸看她，年轻的姑娘脸上露出为难的神色，傅睿白心里一咯噔，听到豆子说："找过。"

"什么时候的事？"

"国庆前。"

"说了什么？"

"她让我带几个核心前期去盯荒岛的剪辑。"傅睿白低头喝奶茶，慢慢地听豆子说，"她说台里编制紧张，如果我们组一直不干活，她考虑开掉几个人。"

"嗯，然后呢？"

"我让章总直接找你了。"

这时，傅睿白的吸管里吸出一口实实在在的芋泥，她有些吃惊，原来芋泥奶茶里有真实的芋泥。

她抬起头，胸口抑制不住的酸涩蔓延，没想到章茜来找她是豆子的意思："是的，章茜来找我聊过了。"

豆子用吸管在奶茶杯里搅拌，眼神向上看着她："你同意了吗？"

"你指的是哪一项？"傅睿白试探性地问。

豆子果然目光一闪，难以置信似的："章总还和你提了别的？"

傅睿白沉声应了个"嗯"字，不置可否。

"其实我还没有答应，我想问问你的意见，而且我没打算今天和你说的，我不知道章总会先和你提了。"豆子脑袋越来越耷拉，"我想保住我们团队的人，一个都不能少，章总说有广告商在问《脱逃》第四季的冠名，她觉得我可以担当第四季的总导演，我还没有答应，我想等你的意见。”

傅睿白感觉自己的身体是狂风肆虐过后留下的结冰的躯壳。与此同时，很多奇怪的点好像在这一刻突然连接上了。

她没有回应豆子的询问，而是问：“那天晚上，日玻岛最后一天录制的晚上，是你吧？”

豆子猛地抬起头，眼神中有来不及掩饰的震惊和惶恐。

傅睿白笑了，说不上来的心情，事实上她有点脱力，全身的血液似乎都冻住了：“他们找的主剪是我朋友，我让他拉了合版里那个时间点的素材，前后总共可能十分钟，你是其中一个嫌疑人。其实自从我知道这个线索以来，就直觉性地去避开把你当成嫌疑人，知道为什么吗？”

豆子沉默地看着她。傅睿白从来没有处于现下这样一个客观而冷静的状态里看豆子，所以一直不曾真正注意到豆子身上的一些细节，例如此刻，她明明还是平时那张甜美的脸，不细看根本看不出她眼神里的警惕，以及警惕背后那一丝不易察觉的狠厉。

“我想不出你这么做的理由，即使我反复看了微博上传的那个原视频。我记得当时发生的事情前后加起来没有十分钟，也至少有七八分钟，可网上传的那个原视频，只有三分二十七秒，三分二十七秒，完整地‘讲述’了一个故事，这种视频剪辑的水准，普通摄像做不到。——还有当天晚上，我把你叫来房间，你和我说的第一段话是什么还记得吗？”

豆子当然不会回答。

“你说你怀疑拍这个视频的人是摄像，而且，紧接着是说，你当天晚上和其他导演在一起，没工夫做这件事。我太信任你，所以完全没想过你轻描淡写的两句话，第一时间就把你从嫌疑人的行列中排除了。”傅睿白语气越来越冷，“我真的，哪怕到刚刚，我都没打算再怀疑你，还是那句话，我想不出理由，直到你说章茜要找你做《脱逃》第四季，才终于明白了，你是为了我的总导演位置啊。”

豆子目光一闪，偏过头笑了，一副斟酌说辞要开口说话的样子。

傅睿白的直觉告诉她，豆子接下来要说的话会很狗血，于是赶在豆子开口前果断站起身，她的起身动作很笨拙，带出椅子与地板摩擦的刺耳声响。

在豆子的目光注视下，傅睿白用尽最后一丝力气，果决地道：“抱歉，我没时间听你的心路历程，你想当总导演，就祈祷自己能当上吧。”话毕，傅睿白拿了包离开。

她的步伐其实很不稳，可她走得慢，一步一顿，绷了一整段的情绪到电梯里才终于松下来。

她抬手扶额头，一阵天旋地转。

停车场缴费需要扫描二维码，傅睿白拿出手机付了钱，意识到自己这个状态没办法开车，她的手心和后腰一直在不停地冒虚汗，额头也是。

“可以来银星广场接下我吗？B2。”她给陈述发了一段语音，顺便拍了张车位的照片，直接进了后座——她需要躺下休息。

傅睿白一直盯着车上时钟，陈述打来电话是二十一分钟以后，她从后座坐起，看到车前方的他，他也看到她。

“什么情况？”陈述拉开后座车门，上半身探进来，他穿着一件浅绿色夹克，肩上有大片湿迹，“不舒服吗？”

傅睿白摇头：“豆子的事，你早知道了？”这是刚刚过去的二十一分钟里，她脑中冷静下来后想到的事情。

陈述脸色微变，证实了傅睿白的猜想。

“怎么突然问这个？”他皱眉问。

“你从吴穹那里知道的，所以昨晚才会猜我会放弃查是谁，因为你知道是豆子，吴穹知道是她，章茜也知道，你们都知道，看我像个傻子一样在那儿查，还以为自己是大侦探，全世界最精明，殊不知——”

“白白，冷静点。”陈述坐进后座，关了车门。

“我要怎么冷静？！”傅睿白的声调不自觉拔高，积压了一整晚的、堪称是恐怖的情绪到这时才有了宣泄口，“我凭什么要冷静？你明明知道我被陷害，为什么要装作不知道？为什么不早告诉我？”

陈述脸上有浓浓的心疼，他的声音放得极轻：“我昨天才知道的这事，下午见完吴穹，晚上就去见了你，以为你不想查是因为知道——”

“我不知道！我不知道！我不想查只是觉得对不起她，我竟然怀疑自己人，是不是过分了？是不是太神经质了？是我觉得反正要辞职了，是谁不重要了，台里讨厌我，想我完蛋的人那么多，我不在乎是谁，也不想报仇，不想再查自己人……”傅睿白动作机械地摇头。

“可我没想过真是豆子，我不知道是我最信任的人，我以为任真过后，我可以接受任何背叛，我以为我可以的，可你不知道，你不知道晚上她坐在我面前，她那种态度，冷笑、冷静、一点都不在乎的样子，她是我一手带起来的……”傅睿白说着说着抱起了双臂。

她想，是不是她对人性的判断太过于理想，或者还有，对团队的向心力太过于自信，才会走到今天这一步。

“我昨晚跟你说算了不想查，我反省我自己，我那么担心她们，我担心她们为我出头，毁自己的前程。我对她真的很好，我是被你带出来的，我也想要当好一个导师，一个可以给底下人挡风遮雨的人，我想这么做的……”

傅睿白内心一片荒凉，在混乱的，语无伦次的表达下，突然被拉进一个怀抱，怀抱温暖，带着木系香水的味道。

他的夹克领挺括，硌着她的鼻子，她不得不往下蹭了蹭，挨上他仅着一件贴身线衫的胸口，他身体的温度显然高于沾过雨水的夹克外套。

傅睿白心中泛冷，带得身体也冷，尽管车里开了空调，但她想要他身上的热度，便任由双手的本能，穿过他的外套抱上去。

混沌的意识中，似乎感觉他有一丝僵硬，傅睿白没有理会，她在他暖热的怀里拱来拱去，寻找最舒适的位置，想通过他的体温缓解自己内心巨大的震惊和失望：“我没听她的解释，我太害怕了，会不会是这样，我实际是个很差劲的人，只是自己一直都不知道？”

陈述的心跳在某一刻陡升了很多，慢慢地，平静了下来。

他的体温帮到了傅睿白，让她渐渐找到自己的心跳，身体的感知力。

后来她察觉到后背有一只手在匀速地、一下一下地安抚她，她闭了闭眼，又往他怀里更深处挤了挤，抱他的力道也加重了些。

傅睿白感觉自己的体温在渐渐回暖，她的大脑还在高速运转，更多琐碎的细节跳出来。

“豆子跟周雾，她了解他更深，也许，她从很早就在等我出事，否则她不会在刚出事没多久，就精心剪辑了那么一个片段出来，还费尽心思用小号，或者……”她越说越激动，以致嗓子太干，引来一连串咳嗽。

陈述拍背给她顺气：“你需要喝水。”说完这句，陈述动了动，似要坐直身体，他的动作带得傅睿白与他之间空出一个口子，一股凉意渗入，她连忙将他拉回原地。

“我不要，你别动。”

“好，你先休息，不要说话。”陈述坐回去。

傅睿白在他怀里摇头：“我没法休息，大脑不听我的。”她声音干涩，像在沙漠迷失的旅人。

“或者我现在送你回家？”

“我拜托你，就让我这么瘫着，好吗？”她愈加用力地抓着他，“你说，有没有可能，豆子不是一个人，她和几个人，几个恨我的人，或许还有任真，她们——”

“傅睿白，”陈述沉声打断她，“我现在必须送你回家，在这之前，我希望你能先让自己冷静下来。”

交代完，陈述一点一点掰开她抓住自己腰部的手指，傅睿白身体骤冷，确实顷刻间冷静下来。

陈述打开后座门，站在车外问她：“车钥匙在包里吗？”

傅睿白动作很轻地点了点头。

陈述于是伸手到她包里拿出车钥匙，末了，他依旧站在那里，静默地看了她一会儿，忽然张开双手，道：“不要这么躺着，来，抱你去前面。”

他的语气太温柔，像哄一个小孩。

傅睿白二十八年来练就的坚固神经，不知哪一根擅自缴了械，泄了的气直冲她鼻尖，惹得她一阵鼻酸眼涩，来不及耍酷装坚强，立刻没骨头似的，一头扎进了他的怀抱里。

双腿离开车底座的时候，她深感纳闷，怎么明明没了力气，却还能这样迅速而准确地投进他的怀抱？

傅睿白默默地闭上眼，她太不了解自己。

再睁眼时，她看到车后镜里的自己像只巨型毛绒玩具一样被他抱着塞进副驾驶，又亲手系上安全带。

他总是这样慢条斯理，极富耐心。

早年常在前辈较多的饭局上听人说他不像春森人，像江南那一带的，脾气好，温和有礼，不急不躁，傅睿白也觉得奇怪。

后来去他家，见了他爸妈，傅睿白终于明白陈述性格的成因是什么，尽管她向来鄙夷原生家庭对人性格的决定性影响这类说法，可她不得不承认，陈述生长在一个分外温柔的家庭里，所以他是这样的他，和出生地无关。

陈述车速很慢，不时偏过头来看她。

傅睿白没有看他，眼神虚无地落在右后视镜里倒退的城市夜景上，车速把霓虹光带得流动起来，像跑马灯，像傅睿白脑子里闪回的，关于背叛的场景。

车子最终停在傅睿白家楼下，陈述找了个路面停车位，停好车，他先解开自己的安全带，而后倾身给傅睿白解开。

“能走吗？”他问。

傅睿白暗暗使力，发现找不到发力点，于是她颓丧地摇了摇头。

“是在撒娇吗？”他边打开车门边说，语气里有笑意，因着他这缕笑意，傅睿白痛苦了一整晚的心脏有了片刻的放松。

他打开副驾驶的车门，背对她微微躬起身体。

“背你上去吧。”

“为什么不是抱？”

“没为什么，想背。”

傅睿白还想顺口问为什么想背，最终只是拿了包，默默地趴到他背上，顺便用脚关上了车门。

车外气温估计只有十三四度，傅睿白抱紧陈述，闻他身上令人安心的气味，他走得慢，傅睿白还闻到小区里若有若无的季末桂花香，她任由无力的脑袋耷拉在他肩头，期望这段时间能到地老天荒。

陈述背着她走到家门口，傅睿白从包里找出家门钥匙，开门，进屋，在玄关换完鞋，陈述站在她家过道口，头一扬，问："去哪儿？房间、客厅，还是……你说？"

"我想去床上。"

"OK，出发。"陈述迈步。

"但我得先卸妆。"

陈述停步。

"所以，是去洗手间？"

傅睿白在他肩膀上点头。

"行。"他转身背着她进了洗手间。

里面空间逼仄，他在门外弯腰倾身，傅睿白知道他在方便自己下去，可她不想下去，完全不想动，想黏着他，长在他身上。

不知过了多久，陈述忽然笑了起来，笑得身体颤动："你真的要下去了白白，我脚麻了。"

傅睿白只好往下滑到地上，扶着他靠墙倚站。

"你怎么这么好啊。"傅睿白情不自禁地说。

陈述看向她，笑容缓缓收起。

两人对视，目光中传递着许多傅睿白难以言说的东西，在那个奇妙的时刻，她没怎么思考，没多少顾虑，仅仅只是踮起脚，在他的凝视下，闭着眼睛，用自己的嘴唇贴上他的。

一下，两下，左边，右边，她把他的嘴唇一点点攻占，像动物们为了标明领地示威一样。

她感觉到陈述身上有不同寻常的热度蹿升蔓延。

而她却在这个时候停了下来，悠悠地走到化妆镜前，打开镜前灯，拉出化妆盒下的小抽屉，拿出一片轻薄的化妆棉，沾了一滴卸妆油，盖在眼睛上。

镜子里，陈述转过身，在镜子里捕捉到她的视线，他的眼神沉着而深邃，不似平常的宁静。

傅睿白朝他笑了笑，又拿出一片新的化妆棉，打算按之前的步骤卸另一只眼睛的眼妆。

陈述没有等她完成这个步骤。

傅睿白家的洗手间同时兼具化妆间的功能，大部分时间，这个地方只够一个人待着，陈述一把把她抱起来，准确地在洗手池台上找到一处空地，将她放在上面。

傅睿白两脚骤然腾空，才发现自己没有穿拖鞋。

她此时的心跳严重超出负荷，尽管陈述的动作根本和粗暴无关，她却觉得他在惩罚她。

他的吻是诱人深入，时有时无的，和他的触碰一样，若即若离，带着些说不上来的刺激和诱惑。

傅睿白以为自己没有力气，可被他带着，好像身上本能地多出许多气力，好和他玩猫鼠游戏。

傅睿白不记得自己怎样由坐在洗手池上换回站到地上，背对着他，看着镜子里烟熏妆的自己，镜面有两人共同产生的雾气，旖旎而别具风情。

耳鬓厮磨着转换了站位，在最终的时刻，她听到他埋在她的胸口，闷闷地说：“我没打算乘虚而入的。”

“什么？”傅睿白嗓音沙哑。

“我说，我没打算乘虚而入，可没办法，”他的呼吸声忽然重起来，“我是男人。”伴随着这四个字，傅睿白身下一疼，脑中丝丝缕缕春光乍泄，一度让她以为，他说的乘虚而入，仅仅只是字面意思。

“乘虚而入”的意思，陈述终究给了说法：“我预期没有这么快，在你受挫的时候，以知心导师的身份，博取你的信任……”

“我以为你只是开黄腔。”

陈述闻言笑了，带起胸腔震动，傅睿白此时无限疲累，像在健身房举了两个小时的铁，可即便如此，她还是想黏着他，天长地久地抱着他。

“会后悔吗？”他问。

“谁后悔？”

“你。”

“为什么后悔？”

“有更好的选择……”他停顿了一小会儿，又说，“之类？”

他的停顿引起傅睿白的怀疑，她自他胸口抬起头看他，房间里没开灯——他们进来得太急太忘我——他的眼神落在黑暗里，显得模糊不清。

“我差点忘了，你好像都没问起过周雾，为什么？”

陈述沉默，他的手指无意识地在她背上画着弯弯曲曲的线，过了小片刻，他微微伏下来，亲了亲傅睿白的眼睛：“我以为你会自己告诉我，可是你没有，所以多想了些。”

“想了什么？”

“明知故问。”话音落下的同时，他恶趣味地动了动，诱出傅睿白一声难以自抑的低吟。

她抓了抓他的手臂，脑海中又跳出之前在酒桌上听到的八卦，不由得问：“章茜是不是真的对你有意思啊？”

陈述恶作剧的手指一停。

“看来是了。”傅睿白机敏地说，“所以你讨厌前后辈搞在一起，讨厌潜规则，多半也是因为她吧？”

“你从哪儿听来的这些陈年旧事？”

“跟你有关的事不能叫陈年旧事，每一件我都印象深刻，记忆犹新——哪怕是听来的八卦。”

“每一件都印象深刻……所以说，还有哪几件？”

“套我话？”

“不是套你话，是直接问你话。”

“你先回答我，章茜的事是八卦还是事实，答完我们继续验证下一件。”傅睿白寸步不让地说。

“是事实。”他飞快地道，“下一件？”

傅睿白花了一段时间消化震惊的情绪，道：“下一件我自己验证过了，是事实。”

“什么？”

“陈老师技术活儿做得好。”

没料到她说这个，陈述哑然失笑，笑得整个人都有些颤动。

傅睿白心里异样的甜，好像自出生以来，从没像现在这样，身体到心灵都这样愉快。

她体会到那句烂俗的情话，拥抱他就像拥抱全世界。

房内窗帘拉得密不透光，无从判断时间，傅睿白自我感觉，和他接吻的时长也许能申报吉尼斯世界纪录，他在身体上探索和逗乐的能力是此前她从未了解过的一面，仿佛打开了新世界的大门。

可惜她没有开睡眠记录App，否则App记录下的，关于她漫长的、不知所云的各种欢笑和叫声，还能够刷新她对自己的认知。

“周雾那小孩……太纯粹太真挚了，我配不上。”像个卧床病人一样喝完陈述递的水后，傅睿白语气沉静地说。

“怎么会这么想？”

“还不是因为你。总觉得，我还没放弃你，更没确定什么时候放弃你，给他任何回应，好的坏的，都对他不公平。”

陈述静静地拥住她：“我出国前想了很久，要不要给你打那通电话，愣是没管住自己打了，打就打了吧，你一接通，我又着急忙慌地想，要不要和你说我的真实感受，不想让你误会，又怕你不误会，坦白说，那段时间的我特讨厌自己，可我也不能否认，那也是我本人。”

他的吻落在她额头：“现在想想，得亏自私了一回，不然你得跑了。”

“自私？”

“是这意思。”

“你不自了个私，我也不会和他怎么样，我是说，周雾。”

“嗯，听起来像假话。”

“我说真的。”傅睿白急道，“我可以细说。”

“行，你细说。”

“你明显听起来不信。”

“看你怎么细说，但是白白，即使你告诉我，你也许会选择他……没事，不用担心我多想。”

傅睿白下狠劲捏了一把他的手腕：“我和周雾，真的是两个世界的人。你知道吗，在日玻岛，有一回，孩子告诉我，他说他没追过女孩，后来他和别人说，他追了，我当时还纳闷，心想他为什么骗我——”

“他追的是你。”陈述沉声接过她的话。

傅睿白一番话被噎回去，稍作停顿后，她补充道：“我根本没感觉到他追我，可你得理解，像他这样的人，对谁好是完全自我的行为，你没办法去要求他，怎样对你好，因为他习惯了——我对谁好，只会按我自己的方式——这种思路，他不是普通小男孩。”

“恕我直言，你想得有点悲观。”

“不是我悲观，是人性使然，周雾不复杂，不难看穿。”

“那么我呢？我的人性使得什么然？”

“你太复杂，还待来日细细观察。”

“傅睿白，你这个人实在有点重欲。”

“怎么扯到重——”

受陈述动作的影响，傅睿白的“欲”字没说出来，他其实说得没错，她确实重欲，不然也不会这样轻易被他挑起“纷争”。

反正房间里，天是黑的，手机没电，父母在新房不会过来打扰，她不上班，他也不用，大好时光，一分一秒都没有浪费，傅睿白快活地想。

（5）

接到傅妈打来的电话时，傅睿白正在进口超市选红酒，和陈述在一起腻了很多天，早年列的清单——和他在一起之后要做的事情——正在一件件落实。

挂完电话，傅睿白还是忍不住对他说：“为什么他们还去？”

陈述正在看酒，闻言转过头来看她：“谁？”

“俩小孩。”

“龙龙和胡鸾？”

傅睿白点头，手指不自觉伸到眼前数了数：“连续五天了。”

“嗯，然后呢？”陈述浑不在意地继续回去看酒。

“我是不是应该去见见他们，看看这俩小屁孩到底闹啥？”

“是。”

“话接得这么快？”傅睿白抖了抖他的胳膊，“你是不是早想这么说了，忍着没说？”

“呀，被你发现了。”

“说吧，有什么长篇大论在等着我？”

“长篇大论……我在你眼里这么能说？”

傅睿白不置可否。

陈述无奈地笑了：“白白，这件事我长篇大论没用，你自己怎么想比较重要。”

“我就想听你长篇大论。”傅睿白头一歪，干脆靠在他肩膀上，任他用推车的力顺便带动自己前行。

“好，我问你，你真不想见他们？”

傅睿白摇头。

“为什么？他们犯了什么错？”

“没什么错。”

“OK，既然不是他们的错，只是你不想见，那就不见了。”

傅睿白等了许久没等到他的下文，不禁抬起头惊讶道：“没了？”

“没了。”

“你不劝我见他们？”

“劝了你会去吗？”

傅睿白停下步子看他，想从他静水流深的眼神里看出些端倪，奈何水太深，她看不透。

陈述是这种人，只要他想隐藏自己，你就休想看穿他。当然，这种狡黠的伪装术，他一般只用在逗她的时候。

“好吧，”傅睿白认输，“我想去见他们，但是心里有道坎。”

“嗯。”

“我怕这群小孩，更怕对他们全然信任的自己，我不是个真正坚强的人。”进口超市里的货品琳琅满目，傅睿白眼神失焦，任由陈述带着她在货架之中穿行。

这些天，即使有他陪在身边，她仍未从被豆子背叛的重伤中恢复过来。

尤其是自从那天在奶茶店聊完，豆子连条解释的微信都没有，更让傅睿白余震不绝，她会无法自控地怀疑以前深信不疑的事情，例如，和豆子一起合作的那段时光，是真实发生过的吗？

“你确实不坚强，”陈述的手在她的后脑勺上落下。

“不过这种事发生，没什么坚强的必要。这几天，你每天都接到家里的电话，说那俩孩子去找你，你没主动问我，我也就没给你什么意见，是想着，你有自己的情绪要过，情绪过了，你会自己想明白，根本不需要我说什么——

“你说的，长篇大论的东西，可是刚刚，你终于和我聊这事，我就想，也许可以和你交换一些心得。”他语调缓慢地说，“你带这群小朋友，无私地给他们提供帮助，指导，是希望有一天他们回报你？”

“不是。”傅睿白果断答道。

“所以，你那样帮他们，是为了自己？”

傅睿白面露迷茫。

“好，我换个说法，你看到他们在自己的指导下成长，变得很优秀，能独当一面，这让你很有成就感，是这样吗？”

傅睿白陷入沉思。这期间，陈述没有再说话，而是静静地带着她走，直到傅睿白醒悟过来，看到眼前熟悉的红酒货柜时，才霎时了然，他原来一直带自己在这一方小天地里打转转。

“我明白你的意思了。”傅睿白驻足望着他说。

陈述淡淡一笑，像熹微晨光下的暖阳，不那么炽热，却足够温暖人心。傅睿白情不自禁地拉了拉他大衣的翻领，差点抑制不住在公众场合投入他怀抱的冲动。

“来吧，”倒是陈述伸展了手臂，将推车推到一边，“这儿没人。”

好的，傅睿白彻底放弃克制了。

这是龙龙和胡鸾连着第五次上傅睿白家，照旧是傅爸傅妈接待的他们。

今天和前几天不同，今天的春森在下雨，气温极低，傅家二老不忍心让两个年轻人在屋外受寒，将人引进屋里，由傅爸给两人倒茶备水果，傅妈去一楼书房给傅睿白打电话。

傅妈告知的结果其实和昨天一样，胡鸾心里有数，正打算拉龙龙走，未料二老要留两人再坐坐，这一坐，半个小时过去，两个小年轻都没想到，傅睿白出现了。

见到傅睿白时，胡鸾惊得连忙从沙发上站起来，龙龙也是。两人几乎是以行注目礼的方式“迎接”着她从门口走进客厅。

傅睿白瘦了——这是胡鸾的第一感觉，日玻岛回来一个多月，即使岛上短T恤换成厚衣服，胡鸾仍然看出傅睿白身上消瘦的痕迹，然而消瘦之外，顾盼流转间还有一抹难以忽视的娇俏感，是胡鸾在她走近后的发现。

“你俩怎么找到这儿的？”傅睿白问。

“郑、郑、郑老师说的。”一向嘴快的龙龙结巴起来，“他说你们家这几天灯都亮，有人住，让我们，来、来、来蹲点。”

眼见傅妈一副要开口帮龙龙说话的架势，傅睿白赶忙抢话说：“你们两个，跟我来书房。”

胡鸾愣了愣，应了声“好”便和龙龙一道进了书房。

傅睿白把包放在书桌上，人在桌前坐下，眼神依旧是凌厉的：“自己找地方坐。”语气也是凌厉的。

龙龙动作飞快地找来两把椅子，一把给了胡鸾，一把留给自己。

“郑迪让你们来找我的？”傅睿白问。

“是。”

“不是。”

龙龙和胡鸾同时道。

傅睿白看向胡鸾：“你不是？”

胡鸾摇头：“我是自己想来找您。”

“好，那你先说，什么事。”

胡鸾偏头看龙龙，龙龙立刻知趣道：“看来是不方便我知道的事。”

“那你还在这儿杵着？”傅睿白道。

“能不能我先说？我的事没什么不方便其他人听的，我说完就去外面找傅大伯聊天。”龙龙语速飞快地说。

傅睿白眼神示意他别磨叽。

“我被开除了。”

“什么？”高声问话的是胡鸾，她太震惊，因为这件事龙龙提都没和她提过，哪怕这几天两人每天都见面。

“我不想跟豆子一起去搞荒岛，台里裁人，有名额，所以摊到我头上了。”龙龙无所谓地说。

傅睿白脸色凝重起来：“说清楚，是你不想跟豆子，还是豆子没带你？这两者的区别很重要，别骗我。”

“不骗你，就是我不想去。”龙龙淡淡道，“我不想跟叛徒待一块儿。”

他的话让傅睿白很意外，一时顿住，不知道该接什么。

倒是龙龙，一脸洒脱的笑意，又道：“睿白姐，我虽然没少给你惹麻烦，办什么事都不牢靠，但我这个人吧，也有点酷的，认准了一个领导，不把她的羊毛薅干净，我是不会轻易变节的。还有，豆子做的那些糟心事，我是自己偷听到的，她和任真一伙，特恶心，我就自己听了，没跟别人说——啊！胡鸾不算别人——反正往后我不会跟别人说，你不要担心。行了，我说完了，时间留给小胡，我去找傅大伯聊天了！”

男孩动作太快，傅睿白又还陷在惊讶中，没来得及留下他细问，再定神时，书房里只剩胡鸾，她眼神中显然也有和自己同样的震惊情绪。

“我……睿白姐，我是……我是有别的事来找您。”

傅睿白抚额：“别叫‘您’。”

“你！”胡鸾急忙改口，“我是有别的事来找你。”

“如果是和刘生龙一样的事……”

“不一样，不一样。”胡鸾连连摆手，“我来问你节目的事。”

“什么节目？”

“荒岛。”

“我已经不是这档节目的总导演了，胡鸾。”

“我知道。”胡鸾的情绪渐渐从龙龙的事情中抽离出来，“肖然姐在带我一起负责这个节目的剪辑，我们俩有一个剪辑思路，自己比较清晰，想请您——啊不是，想请你，指教。”

胡鸾的话让傅睿白禁不住冷笑起来：“是不是还要我再提醒你一遍，我被台里停职了。”

“这些我都清楚。”独处的环境，让胡鸾慢慢找到和傅睿白对话的状态，她不再那么紧张，她知道自己能说服睿白姐。

“既然清楚，你应该知道，你要去请教的人，应该是吴穹，或者……豆子，我听说她在接手后期。”傅睿白耐心地说。

“不是她，”胡鸾摇头，“节目前期策划，是你教的我，台本设计是你拍板的，拍摄的细节也是你在现场事必躬亲地执行，这档节目，归根结底是你的，即使吴老师，豆子姐，哪怕章总都来过问，你才是这个节目的灵魂，只有你最清楚它应有的样子。”

这一晚的进展，傅睿白完全没有料到，不仅包括刘生龙的离职，还有胡鸾的这番话，都让她有些无措。

“睿白姐，我和肖然姐争取到一个机会，十月底之前，我们俩负责出一版剪辑，豆子姐会盯出另一版。例会上，豆子姐汇报了自己的想法，她想剪几条CP线，用周雾和大鲸的CP感来吊观众胃口，炒话题，她的想法章总同意了。我和肖然姐也说服了吴老师，他愿意给我们一个机会，我们都不想，不希望这个节目变成烂俗偶像剧。”

傅睿白沉静地看着她，道："你们的想法是什么？"

"这段时间，我和肖然姐一起在机房看了所有的素材，我们讨论了一下，想把这个节目剪成一个类似于情景喜剧那样的，每一期有一个主题，这个主题下有综艺感的部分，也就是喜剧的部分，还有质感相对重一些、深一些的，人生道理的部分，我们想——"

"你们想得很清楚，看起来已经不需要我的指导了。"

"所以，"胡鸾面露惊喜，"睿白姐也觉得我们的想法合适吗？"

"不是我觉得，是你们能在豆子和章茜的压力下另辟蹊径，勇气可嘉，但是，我得提醒你们，立意越高远的东西，落地就越难，这个节目，豆子的想法虽然简单粗暴，却是最好执行的方案。"

胡鸾沉默了片刻："如果是睿白姐你来负责节目剪辑，你会选择简单粗暴好执行的方案吗？"她用那双清澈透亮的眼睛盯着傅睿白问。

坦白说，被这样一双眼睛盯着，傅睿白心底到底是慌乱了小片刻，随后，她以不加掩饰的颓唐语气道："没有如果，我不是节目负责人。"

"睿白姐，我——"

"时间不早了，小胡。我很长时间没想节目的事，脑筋有点乱，也许你来得不是时候。"傅睿白起身道，"龙龙的事情对我来说比较严重，至于你和你的节目，抱歉地告诉你，都和我无关。"

胡鸾被这些话怔在原地，没有动。

其实她还有一些话想说，比如，她和肖然姐决定，在荒岛这个节目结束后，她们要一起追随她，不管她去哪儿。但是龙龙把这话说在前，睿白姐听完很苦恼的样子，胡鸾不想在这个时候徒增她的压力，所以暂时选择不说。

然而不管这些后事如何，胡鸾的当务之急是荒岛节目的剪辑，这是她跟的第一个节目，她想要善始善终，她想要先交出一份答卷，像肖然说的那样，起码让睿白姐觉得她是值得被选择的人。

胡鸾暗暗决定，过几天，她还得找睿白姐。

这天晚上下雨天，车难打，龙龙开车送胡鸾回家。到公寓楼楼下时，龙龙从车窗探出头看了眼公寓楼，满脸兴奋地问胡鸾："你和颐立果同居啦？"

"啥？"

"这不是颐立果家吗？十六楼。"

"不——"话没说完，胡鸾便回过神来。下车前，她没和龙龙再多说什么，她有更重要的事情要做，确切地说，是有个事情要验证。

公寓楼电梯里，胡鸾径直按了十六层，虽然她住十五层。

这座公寓楼一共三十二层，每一层四个房间，胡鸾挨个敲门，敲到第三间时，开门的果然是熟人。

"啊哈哈，怎么是你啊？"颐立果穿着一件浅黄色连帽T恤，大约刚洗完澡，头发湿湿的，脸上皮肤干净得泛红，胡鸾心头愠怒的小火苗被他慌乱挠头的可爱动作瞬间浇灭了。

"让一让，查房。"胡鸾迈步进门道。

颐立果家的格局和胡鸾家一样，大开间，总面积不超过四十平方米。胡鸾脱完鞋进门，一眼见到淋浴间门开着，以致整个屋子里弥漫着一股主人刚洗完澡的气息。

卧室和客厅的分隔是一扇推拉门，颐立果还算讲究，推拉门关着，所以这股浴室的气流没能侵入卧室。

胡鸾正摸索着往前，身后突然蹿出一个箭一般的影子，以饿虎扑食的动作扑向沙发。

在胡鸾来不及反应的时间里，他飞快地扯起一张沙发毯，将一摊什么东西卷了起来。

为了更好地压住那张毯子，颐立果整个人仰躺在上面，朝胡鸾挤出一脸做作的笑容。

胡鸾目光轻移，看向沙发前的茶几，奈何视线还未落定，颐立果又是一个飞扑，像玩跳棋一样，从茶几上一大摞高高低低的物件里拎出一堆东西，顺手扔进了垃圾桶，胡鸾眼睁睁看着那个容积不大的垃圾桶瞬间满了。

“你来咋不提前说一声呢，多突然啊，我没点心理准备。”颐立果一边收拾一边贱兮兮地说。

“提前说，还能看到这么精彩的画面吗？”胡鸾嘲讽道，“再说了，你可没提前告诉我你住我楼上啊，看这屋的布置，在这儿住挺久了啊？”

胡鸾的语气惊得颐立果一脸窘状，他以跪坐在地上收东西的姿势转过头来看她：“你咋突然说家乡话？我感觉不妙。”

“我感觉你的感觉是对的。”胡鸾眯着眼说。

颐立果这时已经光速收好眼前的东西，换作满脸讨好的神情：“我承认，是我的错，我没提前告诉你我住这儿，我的锅，我的锅——不过你怎么发现的？我自认平时出行滴水不漏呢。”

“甭管我怎么知道的。你现在坦白，为什么不提前告诉我？”

“这不是怕你不愿意住我楼下嘛。”

“为什么你认为我会不愿意？”

颐立果“嘿嘿”笑了两声，随即低下头：“真要我说那么明白？”

胡鸾看着他那颗头发松软，发型乖巧的脑袋瓜，忍不住清了清嗓子，咽下不自觉上泛的口水。

“说！”

“还不是因为我想跟你一起住，你不愿意，我才出此下策。”颐立果嗫嚅着说，“不住一块儿，我不放心。”

“不放心还是有什么歪主意啊？”

“不都一样。”

“不一样。一个是出于爱，另一个——”胡鸾语塞了，因为她发现自己给自己挖了个坑。

“另一个当然也是出于爱。”颐立果当然不会放过这个绝佳的接话机会，他抬起头，眼珠子亮晶晶地看着她，“你站着不累吗？要不来沙发上坐会儿？”

“不坐，你刚刚还藏了一包脏东西。”

“不是脏东西！”颐立果语气坚决地说，“我不脏，每天都洗澡洗衣服！天可怜见！”

“你的垃圾桶都满了，不倒，不怕招蟑螂吗？”

“倒！我每天都倒！这不是垃圾桶太小了吗？”

“你还喝奶茶，碳酸饮料——”

“对，我特别不会照顾自己，特别需要你。”

胡鸾哑口无言。

一段时间后。

胡鸾静静地在原地站了多久，颐立果就目光灼灼地看了她多久。忽然，他从地上起身，坐回到沙发上，还是用那道灼灼的视线，先朝胡鸾勾了勾手指，继而拍了拍沙发座位，酒窝里灌满蛊惑人心的东西。

总之，胡鸾最终还是走去他身边坐下。

沙发很软，还很狭窄，沙发毯包着的一堆东西占了大半，胡鸾一坐下去，人就已经和颐立果贴在一起。

偏偏刚洗完澡的大男孩身上满是果香味，胡鸾试图往旁边挪，不料刚一动，颐立果便把她拉过去，先是拉她胳膊，继而手搭上她右侧肩膀，胡鸾防不胜防，被他拉进怀里。

胡鸾挣了挣，没挣开，于是开口道："能不能放开我？"

"不能。"

"你用什么味道的沐浴露？"

"杧果。"答完这句，颐立果忽然探过头来，越过她的肩膀，"怎么样？喜欢吗？"

"喜欢什么？"胡鸾气息不稳地反问。

"杧果。"

"嗯。"

"想吃吗？"

"不想吃你。"胡鸾识破他的套路。

"那我吃你？"颐立果将下巴搁在胡鸾肩头，说话时故意使坏地往她耳朵里吹气。

"你别——我有事找你说。"胡鸾艰难地仰起头，企图用手推开他的脸。

"什么事，我在听。"

不，他没在听，他在细嗅她的脖子，像只鼬鼠。

胡鸾最终还是狠下心，一把捏住他的下巴，努着嘴和他对视："我真的有事。"

颐立果眼里有迷雾蒸腾，令人心旌摇曳："什么？"

“你这样抱着我，我没法说。”

“不这样抱着你，我没法听。”

“喂！”

“或者你先亲亲我，也许我能做到。”

结果，胡鸾图省事亲了他，一下，两下，然后她就被颐立果翻身压在了沙发上。

几分钟前，他眼里是迷雾，此时已是大火燎原。

在电光石火的动作翻腾间，不知道是谁压到电视机的遥控器，电视画面亮起，继而是节目声音响起。

胡鸾瞥了眼，发现是体育频道。两人都没理会，很有探索精神地在彼此身上做着勘探工作。

“什么时候可以让我试真的？”几分钟前，颐立果在胡鸾的要求下顺手关了灯，此时，两人缠绕着相拥，屋里仅有电视机的光线——颐立果找不到遥控器。

“等我准备好？”

“准备什么？你的胸也不会再长了啊。”

“喂！”

“我装备都买齐了，就在我房间的床头柜，你要不要——”

“不要！”

“为什么？你明明很喜欢我……的、身、体，尤其是——”

“你别说了行吗？”

“行。”颐立果从善如流，“你脸好烫，像火炉，想亲。”

“不要。”

“你不要是不是怕待会儿阵地失守，功亏一篑？”

“你能不能正经？我真想找你说事！”

“哇喔，又说方言！好，你说，我保证不乱接话。”

“手也别乱动，还有那里……”

“哪里？”

“你找揍？”

“那里不是我能控制的。”

“我回家了。”胡鸾说罢要退开。

“好好好，”颐立果连忙把她按回去，“我试试看，好好管教一下。”

后来，在颐立果的插科打诨下，胡鸾断断续续地讲完了和傅睿白的谈话，以及肖然的决定，还有刘生龙离职的消息。

“……龙龙的事，你是不是一早就知道了？”

“嗯。”

“你怎么想？”

“我觉得他做得对！”颐立果用喊口号式的语气说。

“好好说话！”

“就，我支持我兄弟的决定，也支持我女人，反正你们投奔的是同一个人——啊，等等，你们以后会当同事？”

胡鸾翻了一记白眼：“这是重点吗？”

“当然，我一想到你们一起上班，每天和他待一块儿的时间比我还多，不，不能深想，我也得辞职。”

“颐立果，我最后一次警告你，你给我好好——”

“我说认真的，”颐立果忽然换了个低沉的语调，“我未来不想当制片主任，曦姐说了，我的特长是和人打交道，搁电视圈，我这能力，更上游的工作是制片人，攒局那种。”

“曦姐舍得放你走？”

“不舍得。”颐立果双手用力抱住她，“我多宝贝啊。”

“那你说了等于白说。”

“曦姐舍不得放我，是舍不得放我去别的地方，要是睿白姐，情况就不一样了。你不知道，睿白姐如今在我们组的形象，通过曦姐的渲染，已经变成窦娥了好吗？”

“窦娥？”

“冤呐！”

胡鸾禁不住在他怀里翻了两道白眼，两人接着聊了许久频道人事八卦，其间，颐立果始终蠢蠢欲动，胡鸾差点被他骗进房里，欲行不轨之事。

这一天晚上，对胡鸾来说最危险的其实不是颐立果，反倒是自己，天知道杧果这种热带水果对她一个北方人来说有多诱人！

同理可证颐立果。

（6）

傅睿白决定和陈述一起去美国过圣诞，他们打算在纽约待久一些，用陈述的话是，权当散心。两人分头准备，傅睿白于是想赶在签证下来之前把离职手续办了。

在傅睿白根据过往经验的想象中，台里离职流程通常旷日持久，远超其他行业，殊不知，她的离职流程进展飞快，不到三天时间，台里人事部便通知她去领文件。

她开了车去，从她在停车场停好车，到拿完东西，包括办公室里的杂物，再回车里，前后竟然只花了不到一个小时。

这让她感到一丝意外的失落——她原以为离职手续办完，自己的心情应当会是解脱，全然没想过会是失落。她在台里停车场待了很久，一边回忆自己在办公室的经历，一边暗自咀嚼那缕失落的来源。

最后，她把车开出停车场，失落转化成了愤懑。

“没一个人抬头看我。”晚上在家吃饭时，傅睿白对陈述描述当时的遭遇，“都是我带了那么多年的人，我收了那么久的东西，没人跟我道别，目送都没有，我以为……我以为至少……”

“你以为至少有人会来求你别走？”

“都‘至少’了，我还能期待是‘求我留下’吗？”

“哦？你说期待——你期待发生什么？”

傅睿白被问到哑口无言，陈述比她更了解自己不愿意面对的内心：“起码送一下，帮个忙什么的。”她还是逞强道。

陈述静静地看着她，忽然起身走到她旁边，他站着，将她揽到自己怀里，轻抚她的头发，此时，他的语调也是安安静静的：“白白，你我都清楚，他们不会这么做，他们不会这么做的原因你也很清楚，对吗？”

“豆子不在。”傅睿白急忙解释道。

“豆子在不在不重要。”

“对，”傅睿白从陈述怀里挣开，也从椅子上站起来，定定地看着他，“我知道你在引导什么，你觉得我没办法面对自己的失败，人事关系，人情关系，你想让我找到症结。我现在就告诉你，对，是我的问题，我知道，是我失败，做人失败，走了没什么人缘，做事也失败，台里根本没留我，他们批我的离职手续批得比一个实习生离职还快——所以我承认了，我承认我很差劲，你想要我这样的答案吗？”

陈述无声地看着她，他眼里的心疼情绪让傅睿白难以再和他对视。

“为什么你就不能卑劣一点呢？为什么永远要站在那么高的地方呢？我就想让你和我一起发泄啊，说说他们没良心，说说豆子，说说章茜，骂骂她……”说到这里，傅睿白卡壳，没有接完自己的话。

“好，你骂，我不引导你，你想说什么说什么，尽情地说。”

傅睿白摇了摇头，深吸一口气后又捋了好几遍头发，她想让自己清醒，可惜无法。最终，她只是退了几步，看着阳台外的夜景，道：“陈述，我想我没法跟你去美国了。”

“不要情绪用事——”

“不是情绪用事，今天从台里回来的路上，我想得很清楚，我这个状况，我是指，这种糟糕的心态，得先解决。”

陈述沉默了许久，问：“你要怎么解决？”

“我得想想。”傅睿白退后走去房间，在拐角处，她低声对他说，“对不起。”

陈述没有回话。

晚些时候，傅睿白离开房间，发现陈述离开了，他在餐桌上给她留了一张纸条：

做你想做的，纽约不会跑，我也不会。

傅睿白看完鼻子剧烈发酸，强行忍住没让自己哭出来。其实她骗了他，就在台里停车场，她已经想到一个办法，平复自己心境的办法，只是没法告诉他，她怕告诉了，在心里规划得清清楚楚的步骤就没法实施了。

隔天晚上零点一刻，傅睿白出现在《岛上生活》的后期机房，带她进机房的，是负责这档节目的后期责编，傅睿白的多年好友江玉煌。尽管时间已至零点，参与节目剪辑的工作人员还是在埋头苦干着，也正因为他们还在埋头苦干，戴黑色口罩进机房的傅睿白才能一路畅通无阻地进了江玉煌的办公室。

“感觉跟谍战一样。”江玉煌摘下外套的帽子说，“要被章总发现，我以后——”

“你靠本事吃饭，她怕你比你怕她多吧？”

“可不敢那么说，她可连你都不留。”大约是察觉到傅睿白面色的变化，江玉煌没有再说下去，转身拉了把椅子给她，“两版粗剪都出来了，豆子也是拼，熬了两个通宵，要不是她刚走，我是不敢带你进来，台里本来是上周五审片，也是她去拖时间，拖到明天。”边说着，江玉煌一边打开文件夹，给傅睿白看成片。

“依你判断，胡鸾她们的版本有胜算吗？”傅睿白问。

“难，”江玉煌摇头，“肖然太保守，胡鸾这个小姑娘想法又太新，没法服众，凭良心讲，豆子的沟通比较有效，出来的东西很完整，点都有，观众会喜欢。”

傅睿白抬头看他：“你是不是对她俩有偏见，所以没尽心帮她们？”

“嘿，你别把锅往我这甩，说到底我只是后期，保证出片比较重要，成片剪得难看，责任怎么着也不该我扛，不说了，两个版本你自己看。”

后来两个小时五十分钟的时间，傅睿白专心看完两版剪辑，她本来想和江玉煌深入讨论两个版本的差异，一转头，见他已经瘫倒在行军床上睡着了。办公室墙上的大时钟指着当下时间，傅睿白没有给自己太多时间梳理心情，直接在江玉煌的电脑上找到一版可编辑的素材，顺手做起剪辑来。

当然，她剪的是胡鸾和肖然盯的那版，为此，她在合版素材里找了很多弃用素材，花了整整四个半小时的时间，剪了一个新版本，等她编辑完最后一个镜头保存时，天亮了。

傅睿白听到办公室外的声音，除了她和江玉煌，后期工作室还有很多人昨晚通了宵。说来奇怪，明明做了一整夜高强度烧脑的工作，她却一点也不困。

入行这么多年，她只在刚工作的头几年亲手剪过片子，技艺生疏，剪出来的成片其实十分粗糙，还需要江玉煌出手调整，包装、花字和音乐也需要专业人士来添加。

思及此，她再度将目光移向墙边睡着的人，心一横，起身走过去拍醒了他。

发完一通起床气，江玉煌还是乖乖坐到电脑前看了傅睿白剪的版本："你这个人是真的烦，我真以为你来这儿顶多修改一点点，你倒好，居然自己剪？我跟你说，我不会帮你的。"

一开始，江玉煌抱怨的语气很硬，二十分钟后，他沉静下来。傅睿白将这点反应当成好迹象，然而全片看完，江玉煌依旧沉静了一段时间，门外工作人员在号召大家点早餐，有人来敲门问江玉煌吃什么，他头也没抬说了句："老三样，两份。"

"两份？"

"有问题？"江玉煌沉声道。

"没。"那人走开了。

江玉煌转过头来看傅睿白，他的表情很严肃："你知道我的编制还在台里吧？"他用那副谈正事的表情问。

"知道。"

“我这个工作室，有三个人还占台里编制，剩下都是外面招的，虽然这个工作室法人不是我，股东用了我妈的名字，可台里要想查，一查一个准，我要失业，劳动法都不保护我……还有我团队这群人，这几年全靠台里养着吃饭，台里一直睁只眼闭只眼，你知道为什么的吧？”

“有话直说。”

“我不能帮你这个忙。”

傅睿白挑了挑眉：“《岛上生活》是我的节目还是台里的？把它搞好是帮我还是帮台里？”

“对我来说没差别，我就——”

“老江，”傅睿白打断他，“你明知道我的版本更好。”

“谁说的？”江玉煌瞪大眼睛道。

“别说谎，我跟你认识这么久，你眼睛一闪我就知道哪部分打动你了。早年你和我一起磨《脱逃》，我们都希望它是我们自己研发出来的孩子，哪怕版权是人家的，我们一起磨出了我们的气质，是我们。”傅睿白语句流畅，说服力极强，“你看了我剪的，也看了豆子剪的，你知道，我剪的这版能让你和你的团队有更大的发挥空间，关键是，节目内容本身的差异化，我往故事片方向剪的。”

江玉煌很认真地听完傅睿白的话，他眼神中有动摇的痕迹：“也有可能，我手下这帮人从今往后没饭吃了。”

傅睿白拍了拍他的肩：“你太高估我对台里的影响力了，章茜要的是爆款，是品质，她不在乎是哪个团队做出来，谁盯的剪辑，退一万步，你真担心我对她们那么重要，我可以假装从来没出现过，什么都没做过，毕竟，这台机器的编辑线上，作者是你。”

江玉煌沉吟了许久：“为什么？为什么做这么吃力不讨好的事？”

“简单，就两个字，”傅睿白笑着看窗外，“报仇。”

江玉煌闻言笑了一会儿：“像你的风格。”

傅睿白起身拿包，顺便戴上口罩，低头对江玉煌道：“后面估计要你亲自上手了，我剪得太糙，一会儿我让胡鸾过来，你们可以和我远程语音，改完要是不方便我过来，可以直播给我。”

“你跟胡鸾……”

“台里交情。”

“你该不会真打算自己单干吧？”

傅睿白穿大衣的动作一停，几个念头轮番飘过，她冲江玉煌眨了眨眼，道：“真没准。”

“到时候记得分我老江一口饭吃。等等，说到饭，你不留下吃个早饭？”

“不吃了，”傅睿白戴上大衣帽子，“你吃完赶紧给我剪片。”话毕，她人已走到门口。

“小心点避着人啊！”江玉煌在她身后悄声提醒。

（7）

傅睿白和胡鸾、肖然一起架着江玉煌磨了一个大白天，然而晚上七点，台里审片，由章茜拍板选了豆子负责的那一版。

理由很能服众：她们那版相较于肖然这边盯的版本更完整，品相更佳，符合台播标准。

这个结果其实在傅睿白意料之中，她需要这样一次“打击”，确切地说，是对肖然的打击。

这天晚些时候，傅睿白在家给肖然打去电话，电话里，肖然对她的慰问感到很意外，毕竟一直以来，她们三个沟通的时间，都完全靠胡鸾居中协调，肖然甚至坦言，她很惊讶傅睿白竟然有她电话。

“这通电话打给你，而不是胡鸾，原因你很快会明白——先回答下我，”简单铺垫过后，傅睿白直问，“今天审片，吴穹去了吗？”

“去了。”

“章茜给了豆子通过，他什么反应？”

“吴老师吗？”

“对。”

肖然陷入短暂回忆，随后道：“看不出来，他没怎么说话，不过，从后期那边出来之后，吴老师安慰了我和乱乱几句。”

“他安慰了什么？”傅睿白紧接着问。

“呃，先说我们辛苦了，说以后还有机会，别灰心。”

完全没露出什么态度，一贯的老好人姿态，傅睿白心想。吴穹的反应对她而言很重要，现在他没什么反应，她就得靠猜，猜他是否介意豆子这个级别的副导演空降揽过一个重点项目的后期主控权。猜着猜着，她一时倒忘了电话那头还有人在。

“睿白姐？”肖然出声喊她，“你是想知道……吴老师对豆子的看法吗？”

“有吗？”

“吴老师不喜欢豆子，这点我很确定。”

“怎么说？”

“豆子和你的做法，我是说，主要是对吴老师团队的人，和你很不一样。她很会处理人际关系，事实上，吴老师这边，团队里，有些动荡。”

“是吗？”傅睿白对这条消息颇感讶异。

但仔细思考了一圈豆子为人处世的方式，傅睿白又很快说服了自己，豆子确实比自己更圆融，得罪人的事情，向来是她傅睿白去做，豆子最擅长回避冲突。思及此，傅睿白不禁自嘲起来，在台里待这么多年，她竟然还是个刺头。

时间紧急，傅睿白没有再在豆子的事情上耽搁太久，她耐心又仔细地交代肖然：“你去和吴穹说，注意说的方式，最好是暗示，让他知道，当初岛上节目和周雾团队签约的时候，我曾答应过周雾那边，不剪CP，不炒隐形恋情，基于之前在岛上，闹过一次我和周雾的事，对方经纪人那么强势，你可以建议吴穹，争取让章茜把这件事纳入审片的必要考虑范围。这么做的目的只有一个，给章茜压力，无论如何，如果她拍不了板，可以交给台领导，她得知道，放豆子那个版本，她必须承担得罪周雾团队的后果。”

肖然听得很认真：“所以，这件事里，吴老师的作用是？”

“他要保他手下的人，我是说你和胡鸾，至少现在的情况可以证明，你和乱乱才是对他没二心的人。”

“可是我和胡鸾打算——”

“不重要，以后的事现在说不准，你明白一点就好，我和吴穹共同的敌人，是豆子。”

交代完肖然，傅睿白睡了个大长觉，半梦半醒之间，听到房间外有声音，习惯性地以为是父母，正想翻个身继续补眠，脑中一个激灵，骤然想起，父母还在新房。

从床头拿起手机，开机，没有未接电话，她打开微信，果然收到好几条新消息，置顶消息来自陈述。

——找我爸要了菜谱，今天给你露两手。

傅睿白揭开被子起床，走出房间，在餐厅外看见厨房里陈述的背影。他关了推拉门，虽然仍有些微的油烟味传出，却实在闻不出是什么食物的味道。

外面的天气很好，午间的阳光透进客厅，伴着轻风，吹得窗帘小幅度地晃动。

傅睿白情不自禁地笑了笑，忽然感觉到冬风的凉意，于是回房披了件外套，默默地去洗手间刷牙洗脸。

收拾好自己，傅睿白走去厨房，陈述把iPad架在碗柜上，一脸好学生复习的模样看菜单。他按步骤动手的架势有些笨拙，傅睿白一开始抱臂站在门外，隔着透明玻璃往里瞧，瞧了半晌，终是忍不住拉门进去，在他受惊的目光下，从后面抱住他。

“除了我爸妈，没人在我家给我做过饭。”傅睿白抱着他的腰，侧脸贴着他的后背，跟随他的动作而移动。

“我得提醒你，我可能没遗传上我爸妈的厨艺。”一边说话，他一边将一撮小葱倒进锅里，豆腐的味道飘出来，傅睿白瞥了一眼，卖相实在不好。

“没关系，我们可以点外卖。”

“倒也不必，保温桶里还有我爸烧的几道菜。”

“都带了菜，何必还要浪费食材？”

“本来也没想自己动手，出门的时候，发现今天天气特别好，手痒，临时去超市逛了逛，你看，我也就只敢买点豆腐茄子。”

“你来的时候几点？”

“十一点？”陈述重回案板旁，探头看了眼iPad，又切起姜丝来，“我看你睡得沉，没忍心叫你，想给你个惊喜的。”

“现在一点，你做了两小时，就做了豆腐茄子？”

“还有个汤，西红柿鸡蛋。”说话间，陈述又抬头去看菜谱。

他认真研究的表情对傅睿白来说着实太迷人，她没忍住，踮起脚凑到他耳边，呵着气说：“我不想吃豆腐茄子。”

陈述被痒得不行，往旁边退了一步，笑意盈盈地说：“那你想吃什么？我得先从简单的做起。”

“我想吃你。”

这一日的午后阳光漫长而炙热，傅睿白吃饱喝足，太阳依旧挂得老高。陈述给她切了盘水果，刚端过来，傅睿白被一条新消息吸引了全部注意力，消息来自周雾。

——傅导辞职了？

这是岛上项目结束以来，她第一次收到他的微信。与他有关的消息倒是时常可以在网上看到，这么长时间以来，他就像一颗遥远的星星，她能看见他，却不再觉得他亲近，当然也想过是不是要和他联系，偶尔发去慰问，或者朋友圈点赞。可惜，周雾从来不发朋友圈，傅睿白也实在怕贸然发信息会招来误会，毕竟和他最后一次的聊天，两人结束得并不算愉快。

“有事情要忙？”

陈述的提问将傅睿白拉回到当下场景。她抬头看向他，继而落到他眼神所指的，茶几上的水果，随后略显茫然地点了点头。

他冲她微微一笑：“你先忙，我去洗碗。”

傅睿白闻言要从沙发上起身：“我一起。”

陈述把她按回原地，又拍了拍她的头顶：“不用。”

傅睿白目送他走去厨房，拿了块抹布出来，静静地收拾餐桌，忽而心很静，终于抬手给周雾回消息：嗯。

周雾“正在输入”了一会儿，很快发来消息：有我的原因吗？

傅睿白：不完全是。

——那就还是有。

傅睿白：说没有，你也不会相信吧？

——当然。

——傅导接下来会去哪里工作？

傅睿白：还没想好。对了，你怎么知道我离职的消息？

——卢红。

——她问我对节目的想法。

傅睿白：她怎么会直接找你？不应该是经纪人吗？

这次，周雾“正在输入”了很久，傅睿白以为他会发来一则长消息，没想到却还是一行字。

——我换了经纪人。

傅睿白的手指停在手机屏幕上，半晌不知道该回什么。吴穹的效率比她想象的高，而且，也比她想象的聪明。他没有去找章茜——否则肖然的消息一定会比周雾的来得更快，而是找了卢红，确实，“老好人”充分有做老好人的实力。

——傅导辞职的话，岛上节目的剪辑你还负责吗？

傅睿白没回消息，周雾又发来一条，她短暂思考了一下，回复他：不负责。

——你的决定？

傅睿白：台里的决定。

——傅导希望负责这个节目的剪辑吗？

傅睿白敲了几行字，始终觉得不怎么妥当，于是放弃打字，给他回：你现在方便通话吗？

——稍等几分钟，我给你打。

傅睿白：好。

发完消息，傅睿白听到水声，她走下沙发，往厨房走去。陈述穿着浅蓝色的线衫，整个人被厨房的光线照得又暖又软，傅睿白倚在门框上，看着他的侧影，问："你不好奇我最近在做什么吗？"

"不好奇。"陈述动作不停地说，他刚把一只碗沥干水放进消毒柜。

"为什么？"

"因为我知道。"

"我以为你会劝我，阻止我。"

"以前的陈述确实会那么做。"

"现在的陈述呢？"

"现在的陈述会劝你，"他手里拿着刚洗好的案板，转过头来看她，脸上有股柔和的宠溺，"做你想做的。"

傅睿白心口一暖，难以言说的幸福感。她刚想回话，手机屏幕上弹出周雾打来的语音通话，她抱歉地对陈述笑了笑，退出厨房，走去房间。

按下接听，傅睿白先扬声打招呼："嗨，周雾，好久不见。"

周雾那边没有人声，要不是能听见一点点嘈杂的背景音，傅睿白差点以为通话出了故障。

"嗨，傅导。"他的声音隔了一段时间才传来，照旧是清越好听，字正腔圆的少年韵味。

"实在很不好意思，这个时间打扰你，你还在上学吧？"

"对，我在学校。"

“就是关于你问我的，问我希不希望负责剪辑，我怕文字会有误会，还是亲自和你讲，我离职的原因比较复杂，即便是我想亲自负责节目的剪辑，原则上和流程上都不合理，其实，我没想到这件事最终会麻烦到你本人——”

“傅导，你好像突然变得很客气。”

“不是客气，只是……”傅睿白语塞。

“只是不知道要怎么跟我说话了吗？”周雾缓缓接过她的话，“我要强调多少遍傅导才会明白，我不是小孩，也没有那么脆弱，被你拒绝是很没面子，可你没做错什么，犯不着小心翼翼。”

到这时，傅睿白意识到自己好像确实太紧张了。她向下躺到床上，试图让自己放松，慢慢地说：“好，我不把你当小孩，我们成熟地来讨论这件事。”

“我在听。”

“不说我，你希望我负责你的剪辑吗？”

“当然。”

“对比豆子呢？她现在是后期总导演。”

“我和她不太熟。”

“好，这样，台里这边准备了两版剪辑，我不告诉你哪版是我负责的，你也不用向卢红强调需要我本人负责之类，你看完之后，照自己内心的选择，选一版，必要情况下，你也可以让你的工作人员，宣传、经纪人，都看一看。”

“好。”

“记住，千万不要和卢红提我，如果我负责的版本确实是你真心想要的，我会用我的方式，跟完整季节目的剪辑，请你相信我。”

“好。”

“还有什么疑问吗？”

“有。”

“什么？”

“傅导交男朋友了吗？”

周雾提问的内容转得太快，傅睿白听到的第一时间有些蒙，缓了缓，她才回道：“嗯。”

“是那个人吗？那个在岛上让你哭的人。”

“是。”

一段静默。

“傅导幸福吗？”周雾突然问。

这个问题提醒了傅睿白，她聚集在这通电话上的意识暂时散开，所以她听到厨房的水声，他在，她能想象到，或许在擦灶台，或许在刷锅，总之他在身边。

“幸福。”傅睿白笃定地说。

周雾那边又没了声音。这回真的过了许久，她才听到他再度开口：“那就好。——不好意思傅导，我得回教室了。”

“啊？你现在是在翘课吗？”

“是啊。”周雾突然语调飞扬地说，“挂了。”

“再见。”傅睿白急忙说。

周雾没有回她“再见”，这多少让傅睿白感到遗憾。

（8）

周雾团队选了傅睿白的剪辑版本，这对她来说，完全是意料之中的事，因而没多少欢喜。然而这对肖然和胡鸾来说，无疑是巨大的惊喜。三个人用手机分享这一喜悦，不知道是不是没和她们待在同一空间的关系，总之，傅睿白没法被她们的情绪感染。

这场筛选看似是节目后期风格的二选一，实际是两个团队的角逐，肖然和胡鸾代表的是吴穹团队，她们获选，意味着豆子正式被踢出岛上生活这个项目，照常理来说，傅睿白算是报仇了。

遗憾的是，傅睿白并没有大仇得报的快感。相反，巨大的空虚和迷茫席卷上她，前些天铆着劲儿为争一口气，现在这一口气呼出去，她顿时不知道自己的下一步路在哪儿。

精神上的空虚诱发了身体上的欲望，在得知豆子出局消息的当晚，傅睿白在自己房间的床上向陈述索取了漫长的欢爱。

起初陈述不明就里，任由傅睿白以极其主动且霸道的方式“欺凌”他，后来，当傅睿白体力耗尽，陈述瞬间反客为主，充分享受着专属成年人的浪荡乐趣。

奇怪的是，这一番煞费力气的消耗没有催眠傅睿白，尽管她整个人像被抽气泵抽空全身气力，却毫无困意，以为陈述已经先她睡去，没想到电子钟显示凌晨三点四十的时候，他的声音竟意外在傅睿白耳边响起：“打算什么时候和我说发生了什么？”

陈述有点烟嗓，床事进行的时候非常明显，平时则不太清晰，例如此刻。傅睿白转身面向他，看见他低垂的眉眼，眼睛里的担忧情绪，那是很容易令她心跳加速的东西。她伸手拂向他的眉毛，描了一会儿，道：“你觉得我适合创业吗？”

陈述闻言，落在傅睿白手指下的眉头一紧：“哪种创业？”

“湘菜馆？”傅睿白随口打趣道。

陈述笑出声：“胡说八道。”

傅睿白也笑："那你觉得我还能创哪种业？"

"你是想知道我的意见……"陈述抓住她一直在他脸上游走的手指，"还是不想知道？"

"如果是反对意见，我就不想知道。"

"为什么觉得我会反对？"

"不知道，直觉？"

"那你直觉错了。"陈述道，"我记得我很早就对你说过，你适合做电视，做综艺，你喜欢这个行业，有这项天赋，可以一直吃这碗饭，不论在哪儿，打工还是创业。"

"是吗？可如果我想创业的目的不是因为这个，你会意外吗？"

"要看是因为什么。"

"说不清楚，想和她们对着干之类，我脑子里这个原因占比较大的比重。"傅睿白悠悠地道。

"'她们'是谁？"

"章茜、豆子，还有一些阿猫阿狗我叫不上名字的，看不惯我的人，台里的。我刚刚睁着眼睛睡不着，一直在想，凭什么我要灰溜溜地走，把我打下来的大好江山拱手让人啊？"

陈述被傅睿白这番话逗得哈哈大笑："打、打下来、大好江山？"他笑得太厉害，出口的话支离破碎。

傅睿白伸手"攻击"他的要害，引出陈述摄人心魄的低吟，陈述不得不牢牢抓住她的手，可他没有移开她的手，而是用更温和的力道，带着她的手缓缓动作："你这么做实在有点狡诈。"

傅睿白身体上无力还击，只好口头作怪："我一直以为陈老师是个品德高尚的男人。"

"我现在在做的事情和品德高尚冲突吗？"

"欺凌弱小、胜之不武，不算冲突吗？"

"我们厘清一下事实顺序，谁先动手的？"

"事实"显然对傅睿白不利，她很快掉转话头："陈老师还没回答我，我创业的目的，你怎么看？"

"我支持。"

"真心话？"

"真心话。"

"品德高尚呢？"

"品德高尚用来要求我自己就好，你做自己比较重要。我说过了，你适合吃电视这碗饭，既然适合吃，吃就好，至于吃这碗饭的动机是因为你饿，还是不想留给别人吃，都随你。"陈述耐心地道，"再说，电视这个行业，你比我擅长，我实在没什么资格指导你。唯一能贡献给你的，大概只是在你越界太过的时候，适时提醒吧，至少现在还没到我贡献的时候。"

傅睿白眼眶发热，忽然找到力气挥动双手拥抱他。在他颈间用头拱了半晌，傅睿白由衷道："活了快三十年，我唯一做过的，不计颜面、低声下气、无限卑微、无限受挫的事情就是倒追你，争取你，可这也算是我做过最幸运的事情，陈老师，我真的很爱你。"

"别说这样的话，我也有可能会哭的。"陈述亲着她的额头说。

《岛上生活》定剪，接下来的工作变得具体而忙碌，十二期成片，傅睿白要远程盯剪辑，这对于她来说是毫无报酬的工作，她却甘之如饴。

与此同时，她为自己的谋划也开始紧锣密鼓地进行着。她找了一些曾经相熟的同事私下聊天，拉到几位可靠的合伙人，诸如王曦、江玉煌。

这一天傍晚，江玉煌神秘兮兮地约了傅睿白吃饭，还特地选在远离广电中心区域的地点，当傅睿白满心好奇地在餐厅服务员引导下走进包厢时，意外地看到了一张熟悉的脸。

“嗨。”郑迪坐在圆桌后朝她招手，他脸上没有丝毫尴尬和不适，傅睿白因而安心下来。

“郑老师搞的局，老朋友，我没法拒绝，冤有头债有主，傅老师不能怪我。”服务员退出包间后，郑迪旁边的江玉煌道。

“没事。”傅睿白摇头，“我和郑老师又没什么过节，你犯不着弄得这么隆重。”

江玉煌闻言飞快掠了郑迪一眼，郑迪会意，道：“老江说你最近在拉合伙人，怎么，要创业了？”

傅睿白淡淡一笑以示肯定。

“我们快十年的交情，创业这种好事，你不找我吗？”郑迪低头给另两人添茶，状似随意地说。

“这不是怕郑老师看不上我的小生意吗？”

“非要跟我说这么见外的话吗？”郑迪抬眸看向傅睿白，眼神中透着似真似假的厉色，“你不觉得我们之间有误会吗？我今天找老江来，也不怕当着他的面解开这层误会，我——”

“郑老师，我知道。”傅睿白抢先打断他。

她当然知道郑迪那天晚上的提议并不完全出自情感因素，还有一些别的考量，可即便这样，在傅睿白心里，她和他的友谊还是不可避免地变质了。

不仅因为他把她当作一个可能发展的，哪怕不出自爱情需求的伴侣，更因为经他那个提议后，傅睿白发现他并不像自己想象的那样，发自内心地把她当作一个独立的、值得从专业能力上被尊重的女性。

不过，这些所有的既往判断在现下的讨论中都不重要，坦白说，在郑迪说出加入傅睿白创业计划的提议时，她就立刻判断出，这是个好提议。

“我做的事，有可能会和台里产生利益冲突，这点郑老师接受吗？”

“电视台不是我开的，为什么我不接受？”

“是啊，”大概察觉到两人的谈话有点抬杠意味，江玉煌出面缓和，“说到底我们都是在台里打工的，随时有可能被当‘炮灰’踢出局，又不是台领导，哪有资格关心和台里的利益冲突。”

“我打算让王曦做商务，以后往外谈项目和平台，都由她出面。郑老师这边资源丰富，以前都是我来谈的，现在交给她对接，会有顾虑吗？”

“既然是合伙人，大家就是一条船上的人，我能有什么顾虑？”

“是啊，”江玉煌继续出来打圆场，“曦姐做惯了制片主任，对谈钱的事情最拿手，交给她放心。”

这话过后，三人忽然一齐陷入沉默。

直到服务员传菜，离开。

郑迪突然抬头看向傅睿白：“听说你和陈述在一起了？”

“对。”

“打算结婚？”

“还没打算。”

“陈老师不是也要创业吗？你们没一起？”

他又来了。

傅睿白藏下心中针刺般的小反感，好像到这时候她才意识到，她和他之间的友谊其实一直存在巨大的价值观差异，只是过去，数年交情的重量胜于这点差异，她可以不在意。

然而现在，得益于和陈述无数次交谈之后形成的对比，她发现，当两个拥有独立意志的成年人来往时——前提是长久来往——价值观差异还挺致命的。

“不一起。”傅睿白轻描淡写地回答，毕竟要向他解释清楚“陈述是陈述，我是我”这个概念太说来话长了。

“有什么计划吗？我是说，公司成立以后要做什么？规划过吗？”郑迪又问。

“对对对，这个我也想知道。”江玉煌附和道。

“先做我擅长的。”

“节目？密室逃脱？”郑迪问。

“类似。”

“你是要把豆子逼死啊……”江玉煌唏嘘道。

“如果我说这是南城卫视想找我做的定制项目，我本人没有针对豆子的意思，你们信吗？”傅睿白问。

“不信。”江玉煌很果断地回答。

郑迪目光探究地看着傅睿白，良久，他幽幽地道：“不只是要逼死豆子，还有章总吧？南城卫视的活儿你都接？”

“给钱我就接啊。”傅睿白耸了耸肩，“做公司，说白了是为了收益，南城有钱，是大腿，我要保证我的公司不死，可不得抱紧这条大腿吗？”

“你在春森办公司，用这边的电视行业资源，和春森卫视的死对头合作，不怕被搞吗？”

“我办公司，赚的钱是往春森交税，谁搞我？再说了，广电中心那片区，附近三四个住宅小区，已经注册多少家公司了，有多少家是只给春森卫视做节目？”

江玉煌点点头，有一阵子没说话，过了一会儿，他忽然又若有所思地道：“岛上节目马上上线播出，所以你这么着急地赶着办工商手续、招人、租办公室，又拼死拼活地磨片子，是为了等节目上线爆一把，方便接活？”

“岛上节目爆不爆我可不敢讲。”傅睿白略作停顿，很快继续道，“顶多火一阵。”

“你这个人，是真的惹不起啊，傅、老、师。”江玉煌缓缓地摇头道。

“过奖了。”傅睿白举杯，“节目尾飞里又不会有我的名字。”

“谁在意尾飞啊，圈里谁不知道节目是你的，你老实交代，南城卫视是你谈到的还是曦姐？”

傅睿白抬眼，余光注意郑迪凝视她的目光，她转头冲他微微一笑，继而转回江玉煌：“我谈的，他们想挖我去南城，我拒绝了，所以谈了项目合作，就这两天发生的事。”

江玉煌持续摇头，脸上满是难以置信：“你得赶快把我的股东身份落实在合同里，我一定要分到傅老师的蛋糕。”

傅睿白但笑不语，余光里，郑迪的眼神分秒未离。

（9）

《岛上生活》第一期节目播出，周五黄金时间，收视率堪堪破一，低于所有人的预期。社交网络上，各家粉丝倒是在疯狂安利该节目，尤其是周雾的粉丝，一水儿地吹。

频道运营中心的同事时刻在监看数据和评论，胡鸾在大群里见他们刷了一整晚的信息，定位问题，研究评论，对收视率低于预期的原因。大家的意见很统一：节奏慢，缺少综艺点，最关键的是，周雾团队完全没有配合宣传。

这些消息对胡鸾来说，无疑是兜头的冷水。隔天是周六，她原本和肖然一起约了傅睿白吃晚饭，一是为了商量节目后面的剪辑；二是庆祝。谁也没料到节目播出状况这样冷清，“庆祝”这条理由自然而然就没了。

三人约在远离广电中心区域的城南，吃火锅。初入十二月，春森气温很低，胡鸾出门时，外面天色很差，空气中飘浮着冰冷如水汽的东西。她往外呼了口气，清楚地看见气体在空气中蜿蜒消散的痕迹，不得不说，对于要赴的这场约，她的心情实在有些沉重。

坐上出租车时，她在三人群发了一条自己已出门的信息。出租车刚开过一个十字路口，肖然的电话不期而至。

“乱乱，晚上我可能……”肖然在电话里的语气显得有些犹豫，胡鸾心里生出不好的预感，“去不了了。”

胡鸾的预感应验了：“临时有事吗，还是？”

“嗯。临时有事。”

“没关系，我和睿白姐可以等你，反正火锅店通宵营业。”胡鸾不愿多想，一派轻松地说。

“乱乱，这个局我不能去。”

“今天不能去，可以改天？”

电话彼端的人深深吸了口气：“乱乱，我现在和吴老师、章总在一起，我们开了一整天的会。”

“为节目的事？”

“对。”

“所以，这和吃饭有什么冲突？”

“你没明白，这个点，我的身份，出来和睿白姐吃饭，很敏感。”

胡鸾沉默了小片刻，说：“我是没明白你的意思，什么这个点，什么身份？”

“胡鸾，”肖然的声音这时也沉着下来，“我是后期负责人，节目上线反馈不好，意味着我们要重新讨论剪辑方向。今天的会，豆子也来了，如果不是吴老师拦着，她很有可能会把剪辑权抢走，我不能在这个节骨眼上，冒风险。”

肖然说的对，胡鸾想。

可是眼前，出租车在行进，睿白姐也许已经到了，胡鸾不知道一会儿要怎么和她解释，是说实话，还是干脆搪塞过去，然而不论哪种选择，都觉得有愧于心。

“我可以和睿白姐说，你今天忙，下回再约吗？”胡鸾问。

电话那端的肖然像是陷入思考，胡鸾等完一道漫长的红绿灯后，她的声音才再度传来：“乱乱，你知道傅导最近在创业吗？”

“什么业？”

“我听章总她们说的，傅导最近在台里挖人，要开公司，做节目。听说，她好像在和南城卫视那边走动。”

“这件事我不知道。”胡鸾坦诚地说，“不过，睿白姐要创业的事我们不是一早就知道吗？我们不是说好，等岛上节目播完，一起去投奔她……我以为我们说好了？”

“没错，一开始我们是这么说的，可是，可我没想到这么快，节目还没播完，傅导就开始挖人。章总和吴老师都说，她想用岛上节目做跳板，就等它火，好拿去招商，”肖然断断续续地说，“我不知道这么想对不对，可是，我总觉得，傅导帮我们调后期，盯剪辑，指导我们，目的也许不简单，我们有可能被利用了。你明白吗？”

胡鸾没明白。不过她不是不明白肖然的意思，她是不明白为什么肖然会突然改变对睿白姐的看法，怎么会这么坚定地相信章总和吴老师的引导呢。

胡鸾心知自己在台里还是个新人，暂时没办法接触到章总那个级别的领导，可她清楚地知道吴老师是怎样的人，睿白姐是怎样的人。

撇开私人感情和人品不谈，他们之间的区别非常明显：在做节目的专业能力上，睿白姐远胜吴老师。

和肖然的通话最终由胡鸾主动结束：“或许我不该知道太多，晚上这顿火锅，就我和睿白姐去吃吧，至于你为什么不来，我会想办法说的。”

“谢谢你，乱乱。”肖然说，很快，她又补充道，“希望你明白我的处境，我不想失去这次机会。”

“我知道。”胡鸾简略道，随后挂了电话。

火锅店到了。车窗外，红色店招牌在水汽中跳动，胡鸾在车上静坐了一小会儿，直到司机再次提醒她目的地到了，她才如梦方醒地推开车门，走下车。

冬风立刻蹿进她的脖子，胡鸾没戴围巾，被这股寒意刺中，想到即将要面对的人，心里生出剧烈的反感——对现实的反感，为什么成人世界这样善变，为什么大家不能全听自己心里的声音行事？

傅睿白果然先到了，她在热气蒸腾的火锅店里朝胡鸾招手，笑起来像四五月和煦的春风："不知道你俩习惯吃什么口味，锅底我先点了四宫格，辣的不辣的都有，菜也是，我按热门的菜品点的，你们一会儿不够再加。没办法，得先点，不然一会儿人多，上菜太慢了。"

胡鸾在她旁边坐下，店里的麻辣味道冲进她的鼻腔，她吸了吸鼻子，也尽量笑着说："睿白姐，咱们……估计……不怕不够吃，怕吃不完了。"

傅睿白一脸不解地看着她。

胡鸾避开她的视线，伸手从桌上端过一杯茶做掩饰："肖然姐临时有事，不过来了。"

傅睿白没有说话。胡鸾心急她的反应，禁不住偷偷看她，不料迎上她若有所思后的笑容："那只能说她没这福气了，这家店七点以后，很难排上队的，下次我可不先来排。"

这时，服务员来上菜，一摞摞的菜品盘子叠放在小推车上，傅睿白从中取出一盘，慢条斯理地用筷子送它们下锅，锅底早已开了。

"睿白姐，肖然姐这段时间可能……"

"没有下次了是吗？"傅睿白维持着下菜的悠然动作，面上看不出丝毫不快或者不悦，她甚至没有疑惑，"我没关系，你讲话不用吞吞吐吐。"这话，她是郑重地对着胡鸾说的。

"其实她……其实我不应该和你说这么详细的，可是，我不想，就，有什么事瞒着你的那种感觉。"

傅睿白又是嫣然一笑，胡鸾这时候才注意到她没有化妆，这是她哪怕在岛上录节目时也没见过的全素颜。值得称赞的是，睿白姐哪怕全素颜，也透着一股优雅的好看。她往胡鸾碗里送了一块涮好的雪花牛肉，眼睛往锅旁的油碟一指，道："小料我让他们备了四种，你是东北人，应该爱吃麻酱的，对吧？"

胡鸾点头，她只简单扫了一眼桌前的小料，就再次把目光定焦在傅睿白脸上，等待着她的反应。

“坦白说，”傅睿白歪了歪头，“我想过肖然会这样，就是没想到，会这么快。我猜，她应该遇上了什么艰难的选择，人之常情，我不介意，你也不用替我介意。电视圈是名利圈，要想做出点什么，不管是男人还是女人，只要是人，很难独善其身或者全身而退的，总要牺牲点什么，当然，这些牺牲包括很多，肖然这种，其实已经相对很轻，她牺牲的只不过是我一个人的信任而已。”

这一整段话，胡鸾没完全懂，她在意最后一句，于是赶紧说：“如果是我，我更想要你的信任。”

傅睿白笑着摇头，又往胡鸾碗里送了几块刚涮好的肉：“你不会是她，不能占这种便宜。肖然在台里待了很久，她性格是那样，求稳，以我对她的了解——哪怕她最终放弃了我——我还是觉得，她是个本分的人，不过，说句很残忍的话，本分在这个圈子里，吃不开。就像豆子，我很客观地评价，以后会比肖然爬得快、爬得高。”说到这儿，傅睿白偏头看了眼胡鸾，示意她吃肉。

胡鸾乖乖地夹了一块肉，在麻酱碟里翻转一圈，送入嘴里。

照理说，这顿饭应该是给近期昼夜颠倒、三餐不继生活的一顿奖赏，胡鸾却丝毫没品味出来。傅睿白的话像箴言一样，字字打进她心里，如同一节千金难求的精品课程。

“豆子姐，真的会……以后会……”

“不会。”傅睿白定定地说，“我刚刚跟你说的，只是客观上的评价，豆子的情商也好，对综艺本身的敏感度也好，都比肖然强，她应该可以走更远，可惜她做错了一件事，她背叛了我。我不在意肖然这种人，我毕竟没有教给她什么，也没有给到她太多的专业上的信任。豆子不是，豆子是我一手带起来的，我不管她是因为什么原因，但有我在一天，我就不可能让她舒舒服服、安安稳稳地这么过着。”

胡鸾一口午餐肉堵在嘴里，半晌没吞下去。

傅睿白又给她夹肉，语气随意地说：“是不是觉得我挺可怕？”

胡鸾果断摇头，她不是觉得可怕，她只是没想到有人能把这种事说得这么云淡风轻，性感极了。

傅睿白特地抬头看了她一眼，看完自顾自地笑了：“你该怕的，怕是好事，这样你能想得更清楚，得到我的信任对你来说是不是真的那么重要，或者更简单粗暴地讲，你要是想得到我的信任，能不能承担背叛我的后果。”

“我现在说能你会觉得我轻率吗？”胡鸾反问道。

“会。”

“睿白姐，我知道，你见过的、打过交道的人比我多很多很多，可是这个世界上的人真的有好多种，我不会是豆子姐，我不是对你有信心，是对我自己有信心。”

傅睿白看向她，眼神中难掩惊讶。

事实上，傅睿白此时确实被眼前小姑娘的话惊住了。说来奇怪，她一直很想抹开自己对胡鸾初见时的印象，怕这种印象影响自己对她的综合判断，然而事实的走向并不如她所愿。后续的交往中，胡鸾在很多关键事件的关键节点上，所做的选择、所说的话，都夯实了傅睿白心中对她的初印象。

后来她想，也许是这个时代产生了太多让她觉得失望的年轻人，以致她在不知不觉中形成刻板印象，认为年轻人身上已经没有什么值得称赞的优秀品质。

幸而，幸而她遇见胡鸾。

尽管她不知道小姑娘未来会不会被这个圈子浸染、洗涤，她还是想要她，想让她待在自己身边，她要亲手带她，好好待她，因为这个小姑娘从未放弃过自我。

吃完火锅，傅睿白开车把胡鸾送回家。

虽然这一晚胡鸾其实没有吃太多，饱腹感却很强，她想，多半是因为和睿白姐聊了太多的缘故。带着这种饱腹感，胡鸾在电梯里不自觉地按了十六楼。

电梯到层，她缓步踱到颐立果家门前，按门铃，双手插回外套口袋，吸着鼻子等他。

三次铃声后，颐立果才来开门，里头开了空调，热气冲出屋子扑在胡鸾脸上，再听到里面电脑音箱传出的枪声，胡鸾恍然感觉自己身处网吧。

“你，你，你怎么没打声招呼就来了？”门口颐立果穿着件薄薄的橙色线衫，脸上被热气蒸得长了两坨高原红。

胡鸾的视线越过他的肩膀往里瞧，一眼看到电脑前坐着的刘生龙，男孩显然已经被电脑吸引，全然没注意到门口的情形。

“我是不是应该说‘打扰了’？”胡鸾耸了耸肩道。

“没，别——”

“你们玩儿吧，我回家了。”胡鸾掉头要走。

“哎？你是不是生气了？”

颐立果要追出来，被胡鸾一把按回去：“没生气，哪那么容易生气，我就是，吃饱了来你这儿消消食，说真的，你们玩儿吧。”她从外面替颐立果关上门，随后走回电梯间，按下下楼键，等了几秒钟，心里不耐烦，于是转身去找楼梯间，干脆走楼梯。

回到自己家，胡鸾觉得冷，开了空调，在沙发上静坐了一会儿，她决定去洗澡，也不知道是不是睿白姐给她上的课太扎实，洗完澡，脑子里的东西都还始终积压着，像塞满食物的胃，难以消化运作。

空调终于热起来，挂钟指到十点四十分时，胡鸾收到一条肖然发来的微信。

——晚上聊得怎么样？后续的剪辑，睿白姐还会帮我们盯吗？

看完微信，胡鸾情不自禁地大声喊了一个“啊”字，而后把手机丢到沙发一角，抱着抱枕侧躺下去。

贴着沙发的手挨到遥控器，胡鸾顺手把它抽出来，打开电视，调了许久的台，最终还是定在春森卫视上。

电视机的声音成为背景音，胡鸾开始细捋这一整晚发生的事情。无奈还没捋出个头，门铃声响起，胡鸾愣了愣，光着脚走去门口，扒着猫眼往外瞧，当然是颐立果。

橙色线衫外，他套了件长棉袄，底下一条灰色运动裤，胡鸾打开门，他一溜烟就蹿上了沙发，占领了她刚才抱的抱枕。

“你刚洗完澡啊？”颐立果双腿盘坐在沙发上，抱着她的抱枕使劲闻了两口。

胡鸾走去他旁边坐下：“有一会儿了。”

“你刚找我什么事？”

“没什么事儿，”胡鸾的目光落向他怀里的东西，“抱枕还我。”她就这一个抱枕。

“不行，我刚送走刘生龙，外面太冷了，还没缓过来。”颐立果偷偷看她，眼里满是坏主意，“不然抱枕给你，你给我？”

胡鸾瞪他一眼，往沙发旁一挪，坐上遥控器，她顺便把电视声音关小了一些：“龙龙来找你干吗？”

“打游戏啊，还能干吗？”

“打游戏怎么没去他家？”

“我家他家有什么不一样？”

“他家有两台电脑，你俩可以组队，所以，如果他找你是想打游戏，他家才是更好的选择。”

颐立果一脸受惊的模样：“你什么时候变成侦探了？”

“所以，你还不坦白从宽吗？”

颐立果玻璃球似的两只眼睛滴溜溜地来回转了几圈：“抱枕给你，你给我？”

“抱枕给我，你出去？”胡鸾眼睛指向门口。

“要不要这么绝情啊，我们才交往多久？”

说完这句，颐立果做作地朝胡鸾嘟起嘴，胡鸾难以自抑地被他逗笑，硬把他的嘴巴挪到一边。

“我今晚和睿白姐吃了火锅。”

“我知道啊。”

“肖然姐没来。”胡鸾落寞地说。

“为啥？”

胡鸾把事情的前因后果告诉颐立果，故事说完时，颐立果已经把抱枕给了她，顺便，她成了他的新抱枕。

“刘生龙辞职去睿白姐那儿了，曦姐也是睿白姐的合伙人，他们都希望我也一起去，晚上他来找我，就为这事。”颐立果说。

“你怎么想？”

“我当然是去啊，这还用想？”

“那他还来找你干吗？”

“打听你的情况。”颐立果诚实地道，“不过我没讲。”

“为什么不讲？”

“这不是你没告诉我吗？”

“我没告诉你？！”胡鸾从颐立果怀里探出头，被他按着头顶塞回去，“我不是告诉过你我要去她那儿吗？”

“那谁知道睿白姐这么快就搞好一个公司了呢？难道今天以前你没觉得这会是很远以后的事吗？”

“没觉得。”

“起码是年后的事吧？你不许抬杠。”颐立果又按住她。

“好吧，我确实没想到这么快。”

“所以咯。”

“你怎么想？”

“想什么？”

“我去投靠睿白姐的事。”

“我的想法重要吗？你今晚和睿白姐见了面，她的建议对你来说更重要吧？她不是你的偶像吗？”

“你有点酸。”胡鸾禁不住笑着说，“你连睿白姐的醋都吃啊？”

“吃。你没发现自己有点太崇拜她了吗？”

“发现了。有什么问题？”

“显得特傻。”

胡鸾叹了口气：“其实我也觉得，可是吧，我真的没办法控制，睿白姐每次看着我的眼睛跟我说话，她认可我，或者被我说的话戳中，也不能说戳中，就是，感觉她喜欢我——”

“我起鸡皮疙瘩了。”颐立果沉声说。

“总之，傻就傻吧，你不是还崇拜那个打游戏很厉害的，叫什么——癫皇的人吗？我可没吃醋。”

“不一样！”

“怎么不一样？”

“癫皇是电竞选手，技术牛，我崇拜他的技术。”

“睿白姐做节目很专业，雷厉风行，我崇拜她的能力。”

“你就没什么崇拜我的地方吗？”颐立果问，配合着这个问句，他还投来一道黯淡的眼神。

胡鸾认真思考，不禁皱起眉头来。颐立果看着她，没等她的答案，突然倾身吻她。

一开始，这个吻带着些惩罚意味的蜻蜓点水，慢慢地，也不知道颐立果脑子里什么东西断裂了，蜻蜓点水变成狂风骤雨。

他抢夺了属于胡鸾的大片领地，空气，胡鸾大脑一片混沌，抬头看天花板，灯是碎裂的。

人的身体真是奇妙，她有些不合时宜地想，再看身上的人，耳根红到脖子根，如火的眼睛还牢牢地盯着她。

胡鸾情不自禁地伸出手，摸了摸他的耳朵。

颐立果抓过她的手，一口咬在手腕上。

“我不是让你别动了吗？”他“咬牙切齿”地说。

胡鸾笑了，冲他抬了抬视线，指向床的方向：“我们去那里？我有。”

“你有什么？”颐立果放开她的手腕，难以置信地问。

“套。”她贴着他的胸腔说。

事实证明，颐立果是个执行力超强的人，在胡鸾的想象中，女生的第一次应该是漏洞频出，很难顺利的，显然颐立果做了长足的准备和学习，至少，他们走的弯路并不多。

当这一夜漫长的折腾告一段落时，颐立果仍然兴致勃勃的，两只眼睛像铜铃似的黏着胡鸾，无限依恋地说：“下次我会表现得更好的。”

“我想睡觉。”胡鸾推开他。

“我保证，这件事傅睿白不可能做得比我好！”

“好，我知道了。”胡鸾眼睛根本睁不开。

“不然我们现在再试试？”

“你信不信我踢你出去？”胡鸾闭眼找到他的嘴巴用手捂住。

颐立果于是只能用抱着她的手，小心翼翼地，这儿摸摸那儿抠抠，大约真的很怕被踢出去，他的动作始终放得很轻，最后，胡鸾终于抵不住厚重的倦意睡去了。

也不知道这句话是不是梦中的颐立果说的，胡鸾听得很清楚，他说：“我怎么这么喜欢你呢？你是不是有毒啊姑娘？”

（10）

经过一番综合比较，新公司的地址选在春森市东南角的富春花苑，小区名字听上去贵气逼人，实则也是，别墅区。傅睿白和王曦做主选了一栋三层带花园的小楼，小楼目前还是毛坯状态，需要再请设计师做室内设计。

傅睿白和业主暂签了一年的租约，租金每月一万块，面积和价格都比写字楼优惠，唯一的不便大概是离广电太远，而她们几个合伙人又还都住在广电附近。

“院子里可以再种点树，桂花什么的。”王曦站在花园空地上张望四周，她对这个地方特别满意，正在考虑要不要在这里再买栋小两层。

春森市冬日正冷，傅睿白远远地望向被厚实云层遮住的日光，道：“桂花明年秋天才能开，也许我们明年冬天就换地方了。”

“傅老板真敢想，你对形势是不是估计得过于乐观了？”王曦站在阶下，双手放在大衣口袋里，笑呵呵地看着傅睿白说，“说真的，你得快点儿定项目了，我这边好多事得先安排下去。”

“现在有几个在谈的？”

“不就是南城和东市，郑老师也帮介绍了北京那边的，不过北京那边向来对春森很提防，现在都没什么眉目——对了，郑老师一会儿过来吧？”

傅睿白点点头：“江玉煌也会一起，他要给他的人先选楼层。”

“哎？凭什么他先选啊？”

“他们人多，待办公室的时间也多。”

结果那天下午，先来的人竟然是张天放。毛坯小楼里没有暖气，三人开车在小区里兜了一圈，找到大众点评上推荐的咖啡店，下车时地面一阵光影游动，原来是太阳短暂地露了头。

咖啡店里四下无人，三人进店后径直走向落地窗旁的座位，王曦善张罗，先招呼了另两人坐下，自己放了包走去收银台点单。

张天放落座后左右探看，一双手就要摸到外套口袋，傅睿白见状急忙道：“别抽了，人家这么个小店，天冷，没通风，你一抽烟，店里都要吸二手了。”

“啊！”张天放停止动作，“习惯了，主要怕跟傅老师说话紧张。”

“扯淡。说吧，怎么突然要来这儿找我？”

“拉了几个导演，他们都从北京过来，我来替他们看看你这公司够不够大，容不容得下人。”

“你这是拉了多少人啊？”

“四个。”张天放眼神定了定，“都是顶靠谱的人。”

“顶靠谱的人怎么舍得放弃首都来春森这种城市。”

“哎，我要先申明，他们不是放弃北京来春森，是跟项目走。”张天放话说到这里，王曦刚好点完单过来，傅睿白眼神一抬，示意王曦听张天放说话。

“所以，有个事儿可能得提前谈好，就是这几个人的社保公积金，要在北京交。”

王曦穿着长大衣，落座落得急，不小心被店里藤椅压住大衣下摆，她只好起身扯了扯，露出一个不大好说话的笑容：“我们公司注册在春森，要想在北京交社保公积金——”

“可以找代理，第三方。”张天放接过她的话。

王曦扬眉，一副要说厉害话的样子，傅睿白当先一步抢断道：“值得吗？这几个人。”

“什么值得？”

“值得我们这么费钱费力吗？”傅睿白眼风一扫，暗示王曦冷静。

“我说值得，你就信？”张天放看着傅睿白说。

“当然。”傅睿白回以他坚定的目光。

一旁王曦见两人这么“眉来眼去”，一摊手插科打诨道：“行，没我事儿了？”

“怎么能没你事儿？咱们曦姐可是公司大总管，来吧，你和张天放说说咱们手头的项目，前期导演这边，是我和他聊的，我确实不太想用广电的人，人多嘴杂，不方便。”傅睿白道。

“那龙龙和胡鸾呢？他们是前期导演吧？编制可还在广电呢。”

“龙龙不算，他已经辞职了。”说到这里，傅睿白目光移回张天放，几番探究之后，她还是忍不住问，“插个话，你是不是还对胡鸾贼心不死？”

“什么东西？”王曦一瞪眼，坐直了身体，“你对胡鸾有贼心？”

“他对胡鸾有贼心，你激动什么？”傅睿白道，“我就是确认下，以后张天放带前期导演这边，最好别跟下面的人有什么扯不清的关系，何况颐立果还要来，到时候公司变成修罗场，多狗血。”

“他对谁有贼心都跟我没关系，不能盯上我们的人。”

服务员送来咖啡，依次摆好在各人面前之后默默离开。

张天放对两位女士的调侃浑不在意，脸上笑容松弛：“放心，工作和私人感情我向来分得很开，我保证，不会用职务之便给胡鸾添什么私人麻烦。至于她以后和她那个小男朋友搞什么分分合合，跟我没关系的话，我不保证不会乘虚而入，当然，得是万一那时候我还单身，还对她贼心不死的话。”

这一番话听得王曦目瞪口呆，柳眉倒竖，她给身旁傅睿白递了个眼色：“我没明白，他的意思是，他是不是，就打算继续贼心不死下去了？”

傅睿白被王曦的反应激得笑出声来：“你放宽点心吧，胡鸾单身的时候没看上张天放，有了男朋友，不是更看不上了吗？你替你们颐立果操的什么闲心，我估计他都根本不在颐立果的情敌考量范围。”

“哎？傅老师这话，怎么听着有点刺耳？”张天放笑道。

傅睿白也笑，过了一会儿，她正色道：“聊正事吧，王曦这边在谈的几个项目，要做方案，现在只有你手头上有人，咱们先用起来？”

“给工资不？”

“给！”傅睿白豪气干云地说，像身怀巨款的大富翁。

傍晚，王曦和傅睿白送走张天放，转身迎来江玉煌。他来看新公司，一口选中三楼做后期机房，并且要求在一楼花园占一个小小的区域养狗，对此，王曦和傅睿白都表示没意见。

“一楼那块，可以搞个厨房，请阿姨做饭。”江玉煌指着一处角落道，“我认识几个烧菜不错的阿姨，可以介绍过来。”

“行行行，都听你的。”王曦打发似的说，“房子得尽快装修，不然甲方来跟我们谈合作，要以为咱们是个皮包公司。”

“曦姐这是谈到不一般的甲方了啊。”

“有郑老师和傅老师这两块招牌，就算是顶天的甲方也能在话下。对了，郑老师晚上还来不来？”

“不来了。”傅睿白拿出手机朝王曦晃了晃，他刚给她发微信说临时有饭局。

“现在比较靠谱的几个项目，一个是傅老师拿手的密室类，棚综，一个是户外游戏的，有家车企来找，还有谈话类，郑老师拉的资源，对方想让郑老师当主嘉宾。下午我们和前期负责人讨论了一轮，比较倾向这个谈话类，好做，成本低，其他几个项目，尤其是密室，也不是说不好做，关键是真要接，就摆明了和台里过不去。”

王曦一边介绍一边关了别墅的灯，引另两人往外走，没办法，小楼太冷了。

“前期负责人？谁？”

“张天放，一个老朋友，你不认识。”傅睿白简短地说。

“谁说我不认识？”江玉煌道，“他挺有名。”

“哪方面有名？”

“个性呗，听说他常常做节目做到一半，跟总导演不对付，就撂挑子走人了。”江玉煌悠悠地道，“这种人还能到我们这儿混到负责人当啊。”

“用人不疑疑人不用，我和他合作过，专业上是靠谱的，再说，公司初创阶段，不还有我在吗？你别担这个心。”

“煌煌说的没错，我也觉得白白你要上心，他带了四个他的人，把咱前期导演的编制都占得差不多了，万一他以后有异心，你上哪儿找人去补上窟窿。再说了，他这个人，露骨得有点儿不对劲，哪有人惦记人家女朋友还大言不惭的。”王曦语气中肯地说。

“曦姐刚说要接密室是摆明和台里过不去，你接个谈话类项目，还找郑老师当主嘉宾，不也是摆明和台里过不去吗？”江玉煌说。

“不一样，郑老师明年估计不会和台里签死约，接几个外面节目，没多大关系，密室就不一样了。”

“怎么不一样？”

“密室耗舞美、道具，整个春森，这些活儿干得好的，也不就那一家，要是咱们接这个项目，租棚得跟台里错开，这还好，舞美道具可就得抢啦，不摆明了跟台里过不去吗？”

江玉煌还是一脸茫然：“台里还要做《脱逃》吗？谁做啊？”

王曦嘴角往下一撇，对着江玉煌往傅睿白身上递了个眼色。

“豆子负责。”傅睿白道，“明年一季度，跟今年一样，做完跨年就开录，红姐说第一期嘉宾都已经敲定了。”

江玉煌耸了耸肩，自知开了个不恰当的话题，于是没有再说话。

不多时，三人走到各自车前，正要分别之际，江玉煌忽然掉转头对傅睿白说："还有个事，本来不想说，但我怕你压根儿不知道这事，想想还是要提醒你。"

"有话快说！"傅睿白瞪他。

"章总找你们陈老师了你知道吧？"

这话听得傅睿白心里一咯噔，半晌没反应过来。还是王曦用胳膊肘顶了顶她的，她才想起问："什么时候的事？"

"上个礼拜吧，岛上生活刚播那一周。"

"你听谁说的？"王曦代问。

"你们别打听谁说的了，总之这事是真事，确实发生过的。你刚刚那反应，明显是陈老师没告诉你，既然他没告诉你，应该就不是什么好话，不知道也好。"说完这些，江玉煌原地蹦了蹦，"不行了，冻死了，我先回了，三楼我选定了你们不能抢啊！有什么事微信说。"

江玉煌离开，王曦的担忧眼神便毫无避讳地落向傅睿白："要不要去我车里坐坐，先聊一聊？"

傅睿白摇头："没事。"

"你刚那个被震到的表情可不像没事，别逞强。"

"一点惊讶而已，真没多大事。"

"你这一路，和陈述走到一起不容易，这种小误会，要不你就干脆别在意，你要在意了，挺要命的。"

"怎么，有婚姻之道要教给我？"

王曦笑着拍了拍傅睿白的肩："我能有什么婚姻之道，我的婚姻之道就是不要委屈自己，到哪儿不是一片天，对咱们这样的女人来说，男人就是用来给自己传宗接代，遗传优秀基因的，知道吗？"

她的说法毫无疑问地逗笑了傅睿白。

“走，喝酒去。”王曦揽过傅睿白的肩头，硬把她架去了酒吧。

天冷，傅睿白心头又被一股不爽的疑云笼罩着，酒就没怎么喝。旁边王曦喝得欢，还不忘和酒保说笑。

“欸，我问你个问题，你只能说真心话，不能说谎。”王曦突然凑过来扒着傅睿白，眼神中暗含诡意。

“先说什么问题。”傅睿白推开她。

“你对周雾，”提到这个人名，王曦自觉地压低了声音，“是什么感觉？”

“怎么说？”

“那段时间我一个局外人，看得清楚，小孩确实对你有意思，我就是没看明白你，完全没想法吗？对他。”

周雾在这时的傅睿白心里是个意外来客，原以为对他的印象已然模糊，没想到王曦一提，脑中形象立刻鲜活起来。

被集万千宠爱于一身的当红明星表白——对任何一个女人来说，都是无法抵挡的极致虚荣时刻，傅睿白也不例外。她任由自己紧张已久的神经像小鱼入海，慢悠悠地游着荡着，放松着。

直到王曦撞了撞她的胳膊提醒她：“说话！”

“你会吗？”傅睿白反问她，“会对一个比你年纪小快十岁的男孩子感兴趣吗？”

王曦登时瞪圆了眼睛，拔高音调道：“我都有孩子了。”

“好，我换个问题，要是你没孩子、没结婚，遇到一个比你小——”

“我当然会感兴趣。”王曦抢答道。

“我跟你打个比方，假设女人是孙悟空，什么老公孩子啊，结婚一久都会变成唐僧、猪八戒这样的存在。而婚姻本身，是一道紧箍咒，它是客观上压抑了你人性的脆弱面，一旦没了这些东西，就什么都不重要了。

“周雾那样的，也不算小男孩，我倒觉得他心眼挺多，心思挺沉，性格上不显小，当然，最关键的是，他对你感兴趣，光是这点，就足够让人高潮了吧，还管什么其他的，及时享乐吧，要是我。”

傅睿白晃了晃杯中的黄色液体，对王曦的话不置可否。

“不过呢，你跟陈述吧，情况比较特殊，从朋友的立场，我挺希望你俩走到底的，只是吧，你们要是想走进婚姻，可得想清楚，婚姻跟谈恋爱太不一样了，婚姻……不那么需要爱情，相反，爱情的浓度越淡，婚姻还反而越安全。”

“既然婚姻这么危险，何必还要走进它呢？”

“理是这个理，可没走进婚姻，谁又能明白这道理呢？谁不是抱着自己是个例外，自己那份感情是天作之合——这种想法去结的婚呢？所以说，你在感情上还是太稚嫩。”

傅睿白苦笑了一会儿，忽然想起来：“我和陈述在一起还不到三个月。”

“听你这意思，情路艰险啊。”

“不是，”傅睿白摇头，“我只是想当然地以为，我和他在一起很久，把没和他在一起，暗恋他那段时间里的心路历程都加进这段感情里了，所以，可能有点，怎么说呢……”她想不到什么词来形容。

“不甘心吧。”王曦接了她的话。

傅睿白有醍醐灌顶的感觉。

这夜喝完酒，两人各自打车回家。傅睿白喝得不多，脑子却有些混沌，到了家门口，掏钥匙开门开了半天，没打开。最后，是陈述听到声音走来给她开的门。

“喝酒了？”他接过她的包，关切的声音温煦如风。

傅睿白脱完鞋，走去餐桌给自己倒了杯水。陈述放好她的包，顺便就在沙发上坐下来，他在看纪录片。

喝完水，傅睿白在餐厅的吊灯下站了很久，杯子都忘了放回桌面，站在那里凝望他，大约是在等他发现自己，大约只是一时失神，她不确定。

当陈述终于意识到她不对劲，转回头来看她时，傅睿白脱口而问：“章茜找你了？”

电视里的画面在跳动，映在陈述脸上，明明灭灭的光。他静默了片刻，道：“对。”

“她找你说了什么？”

“不重要的事。”

“为什么不告诉我？”大概是他的回答太过平淡，激起了傅睿白心中莫名的不忿，以致她提问的语气在不知不觉间变得凌厉。

“白白，你喝多了。”显然，陈述注意到了她的反常。他起身朝傅睿白走来，从她手中拿走水杯，放回原地。

“我只喝了一杯。”傅睿白正色道，“章茜一周前找的你，你有一周时间可以和我说，哪怕轻描淡写带一句，可你没有。”

“我说了，是不重要的事，像我今天喝了几杯水，上了几趟厕所一样不重要。”

“重要不重要不是你一个人说了算的。”顿了顿，傅睿白抬眼看他，沉下声音道，“她找你是为了我的事，对吧？”

陈述神情动作的变化完全落进傅睿白的视线里，他皱眉，眼神像龙卷风过境，变幻莫测。他往后退了一步，然后淡淡地说：“你太自以为是了。”

“那你就告诉我真相，让我认识到自己在自以为是，你说，你别藏啊！”

“好，我说。”

陈述面容沉静，仿佛古井无波，透着冷意，令傅睿白下意识地想抱紧自己。

“章茜找我的事我没有告诉你，是我自己的判断，我认为不该告诉你。你如果真的想知道我和她之间聊了什么，可以用更尊重我的方式，不是像现在这样。有句话我以前提醒过你，现在有必要再说一遍，傅睿白，我们是在谈恋爱，可我不是你的下属。”

傅睿白受身体驱使想要开口接话，结果一口气卡住，话没出口，她就意识到自己错了。

“你最近忙，压力很大，我理解，我给我们时间，冷静。”这是陈述离开前说的最后一句话。

他走时关门声很响，敲在傅睿白胸口，脑仁。

很久以后她才找回身体知觉，明明屋里开了暖气，身旁的空气里，依稀还飘散着陈述身上的味道，傅睿白却觉得到处都冷。她动作僵硬地抱着自己的胳膊蹲下来，搜肠刮肚地想，她到底为什么要这样做啊?

陈述走后，傅睿白照常洗漱，卸妆、洗澡，头发吹到一半，她等不及地给王曦打了个电话。

“怎么了？”两人这晚虽然喝了酒，却也喝得不多，大约以为傅睿白有什么突发状况，王曦的语气带着关切。

“接南城那个项目吧。”傅睿白说。

“什么？”

“接南城那个项目，”傅睿白看着化妆镜里被迷蒙水汽遮住的自己说，她脑海里浮想联翩的是和陈述第一次在这里做的画面，“密室逃脱的，接这个。”

王曦花了十几秒钟反应，回话时语调不觉拔高了几个度：“你没事吧？还清醒吗？是不是酒喝多了有点迷？”

“我现在很清醒，从来没这么清醒过，我说，我们接密室的项目，其他的，先停了。”

王曦又静默了一段时间，道：“好，按你说的，咱们接这个项目，怎么接？搭景吗？多大的景？去哪儿订棚？临时去哪儿找编剧？怎么敲嘉宾？人手——”

“棚让张天放解决，实际我也没考虑要在棚里录，没想过要做《脱逃》2.0，我要做一档新的，你担心的总是有道理，前期这边，我会想办法，《脱逃》的编剧统筹是我一手拉起来的，你要她现在明确在我跟台里之间站队她可能做不到，但她不会伸手挡钱，艺统方面让南城卫视去敲，招商也给他们，我们只包制作，具体价钱你去谈，我要赶在她们之前上。”傅睿白思路清晰地说。

她已经想得很明白，这档节目做下来没别的意思，甚至不奔着赚大钱去，她就想，得给有些总想给她找不痛快的人，也找点不痛快。

“你想清楚了？”王曦问。

“清楚。”

“我是指，你确定要这么明目张胆地跟台里作对？你不怕以后她们到处给你使绊子，搞事？”

“我没跟她们作对，她们绊子也使了，既然她们认为我要做什么，我如果不做，亏的总是我。”

王曦思考了片刻，道：“行，我听你安排，明天开始做制片方案。”

两人这才挂了电话。

傅睿白在床上躺下时，床头柜上电子钟显示一点零三分，房间里暖气开了许久，被窝里还是冷的——万事万物都在提醒她，身边少了个人。

傅睿白强行闭眼，希望自己能尽快入睡，睡过去，晚上发生的不愉快也能过去了。

凌晨一点五十五分，辗转难眠的傅睿白一骨碌从床上爬起来，摸过床头手机，微信聊天置顶那人是陈述。

她没有给自己犹豫的时间，趁着一股劲头，点开对话框，立刻给他发了一条微信：我现在去你家找你。

发完消息，傅睿白跪坐在床上等了一会儿，当时钟的分针位跳了一个数字，陈述仍没有回她的消息，她铆着起先的那股劲头，拉开被子下了床。

衣柜里有搁置已久没机会穿的长款羽绒服，她拿了羽绒服往身上套，又给自己找了条厚围巾，就这样，里头穿着睡衣，外头套着羽绒服，带上钥匙和手机，出了门。

出租车当然很难打，无奈晚上喝了酒，否则傅睿白会自己开车去找他。

终于用网约车软件打上车时，傅睿白已经冻得不行，私家车司机扭过来看了她一眼，眼神中带着不怀好意的探究。

傅睿白心中警铃大作，打开微信给陈述发语音：“我上车了，车牌号是春A，5G86C，现在从我家出发，最多十五分钟能到你家楼下，你再等等。”

司机开车。

傅睿白很长时间没在这个点打过车，加上前不久看过好几起乘坐网约车的女性出事的新闻，心中难免担忧，看着自己刚给陈述发去的微信，思路不禁信马由缰起来。

她想，万一她在这趟车上出事，以他的性格，会不会后悔终身。

电话在这时候响了，距离她的语音发出去不到两分钟，来电人当然是陈述，傅睿白走神的思路尚未回归，蒙蒙然接起电话。

“在出租车上？”电话那头陈述问。

“嗯。”

“开微信，接我位置共享。”

傅睿白照做。

“六一大道……应该快了，”陈述自顾自地说，“手机电量够吗？”

傅睿白睡前有给手机充电的习惯，因此想也不想地答：“够。”

“那好，电话别挂。”

“嗯。”

“我在小区门口等你。”陈述忽然提高音量，声音透出手机，显然是要让车里其他人听到。

傅睿白心口一酸，继而眼鼻一酸，不受控制地湿了眼眶，出租车刚好上了桥，两岸是江边夜景，使人的视野开阔又深远，她就想，是不是女人的体内多多少少存有“作”这个基因，不论平时怎样克制，它只要想出来，总能找到最不恰当的时机出来？

出租车下桥，傅睿白脑中的念头又变了，恋人吵架这事很寻常，她又不是第一次谈恋爱，以前没“作”过，将和陈述的冲突推给性别，总归是有些回避。

兜兜转转想了许多，这趟行程终于有惊无险地结束。傅睿白下车前扫码付了款，一拉车门，不远处有个人正朝自己走过来。

傅睿白一见他就想哭，说不上来为什么，她还想争一口气，想着即使自己先认输，还得维持着酷一些的姿态。

可惜陈述没给她这个机会，他一走到她身前，就伸手抱住了她。

“你突然给我发车牌信息，你以前从没发过……”他的气息像侵略军，瞬时淹没了傅睿白，“我怕得要命。”傅睿白想错了，他的气息没有那么有侵略性，他的话才是。

傅睿白的手不由自主地撩起他的外套下摆，找到他腰部最温暖的地方稳稳圈住：“你没回我微信。”

“是，我还在生气。”

“这么生气吗？你走的时候还摔了门，我没见过陈老师这样，我也吓坏了。”

“是，太失态了，像刚出社会的愣头青。”陈述语声沉静地说，“你确实把我气坏了。”

“至于吗？我仔细回忆了一遍，我只是问了你三个问题。”

“问题不是关键，态度是，你太盛气凌人了。”

察觉他的语气急了些，傅睿白连忙抱紧他的腰，道：“可我不是主动来找你了吗？”话说出口，傅睿白被自己惊呆了，万万没想到有一天她会这么自然而然地对他撒娇。

“是啊，你是主动来找我，凌晨两点，穿睡衣。”

“我不想我们吵架隔夜，这样好吗陈老师，以后我们做个约定，无论因为什么吵了架，都不许隔夜，还有，这回是我主动解决，下回轮到你。”傅睿白持续用那副撒娇的语调道。

“所以我们是强制性有个先后顺序，不按吵架的过错方来讨论吗？”陈述问。

“不按，谈恋爱不是法庭辩论。”说到这里，傅睿白掐了掐他的腰，追着说，“你快答应我啊。”

陈述痛得一扭腰，拉起傅睿白的手，道：“先回家。”

就近原则，两人自然是回陈述家。上楼时，傅睿白有些担忧地问：“不怕吵醒你爸妈吗？”

“他们睡了。”

“那明天早上他们醒了，看到我们——”

“别担心了。”陈述一把将她揽住，走出电梯，“我们是成年人。”

傅睿白羽绒服里穿的是睡衣，所以一进陈述家门，也没怎么耽误时间，径直被陈述带进他房间。两人交往以来，为了独处方便，傅睿白没在陈述家留过宿，所以真进到他房间，满目所见都是他的物品时，她才陡然意识到，好像之前都没怎么在他房间待过。

“要喝点热东西吗？”陈述问，他在门口调了顶灯亮度，傅睿白因而得见他床头的东西，好几本书放在那儿，书名都与明史相关。

“不喝了，想上床。”傅睿白想也没想地说。

身后陈述听见，笑出了声。

陈述的被子是鸭绒被，比傅睿白家的蚕丝被轻许多，两人躺进被窝，没有做什么成年人该做的事，而是彼此相对着，以双手能抵达的最远距离在对方身上写字画圈。

“我今天给你发完微信，你没回我微信，我就想着，我要是到了你家楼下，你不在，我就等你三十分钟。”

“要是三十分钟后我还没下去呢？”

“明知故问。”傅睿白戳了戳他道。

“万一我没看到微信，或者我睡了——”

“那我也不要你了。”傅睿白打断他，“我们晚上吵了一架，我根本睡不着，没心思想别的，你如果还能睡着，可见要不就是冷血，要不就是完全没把我放心上，我何苦还死死赖着你。”

陈述拥她入怀，静静地，许久，他说：“我没这么谈过恋爱，以前心里烦躁，读史书能静下来，今天不行，什么都没用，烦死了。”

“烦死了”三个字是傅睿白第一次听他说，他说得像叹息，无可奈何，傅睿白竟很受用，她想，他也不好受，这就对了。

“你摔门走之后，我想了很久，自我剖析，感觉推断出了症结。”

“什么？”

“我想，我之前暗恋你太久，求而不得太久，心里有不甘心，就，就，”后面的话傅睿白有些羞于面对，于是钻进他怀里，咕哝着说，“有点矫情。”

陈述笑得胸腔颤动，平静之后，他说：“其实我也觉得。”

“觉得什么？”

“这么多年，总觉得感情上对你有亏欠，所以每次出现一点点问题的苗头，我总会先想着迁就你，避过去，避着避着，你我都养成习惯，好像觉得我们之间就该那样相处的，直到出个事。”

“是不是，我们都对这段感情，太过于……小心翼翼了？”傅睿白探出头看着他问。

陈述朝她眨眨眼。

“犯不着吧。”她说，“真要危险或是脆弱的感情，再怎么呵护也没法让它变得坚强吧？”

“赞同。”

“可是陈老师，你吵架的时候超级冷静，我很怕。”

“怕？你是觉得我凶？”

“我是觉得你不在乎我，不爱我。”

“我也想不那么在乎你，否则我修炼了三十多年的平心静气怎么会被你三个问题就轻而易举攻破了呢？”

“那你的在乎也表现得太含蓄了，女人是需要细节堆砌的安全感的，知道吗？”

“细节堆砌的安全感？好，你说，我要怎么表现？”

“先从适时表白开始。”

“我爱你，这样吗？”

“‘这样吗’三个字去掉。”

“我爱你。”陈述领会得很快。

“好，接下来，我们用实际行动证明一下这三个字。”

傅睿白的爬动引出陈述又一连串的笑，两人换好体位，傅睿白俯身，长发环绕在陈述脸侧，她先亲了亲他，轻声问：“你房间隔音好吗？”

陈述憋着笑摇头，他的眼睛又亮又水灵。

“那我们，含蓄一点？”傅睿白上下其手，陈述难耐地闭眼，出口一句低吟。

一夜表面克制实则放纵的欢爱，两人没有做安全措施，可是进行过程中，他们却都很默契地直接忽略了这件事。

临睡前，傅睿白贴在他的胸口说：“陈老师，我还是想知道，章茜找你说了什么？Respect。”

她后补的“Respect”是神来之笔，陈述秒懂，笑得难以自持：

“她让我管管你，劝劝你，不要和她作对，和台里作对。”

“你呢？怎么回应的？”

“我让她管好自己，不要再找我。”陈述字句缓慢地说。

傅睿白一颗心仿佛掉进棉花堆里，反复用鼻尖蹭他，也不知道是哪里来了一股冲劲儿，她说：“对不起。”

陈述没有接话。

“我以后会慢慢调整，改进，请陈老师务必随时提醒我，不要让我恃宠而骄。”

“我爱你。”陈述道。

“哎？这犯规。”

“犯规吗？我以为是融会贯通，活学活用。”

又是一番幼稚园似的打闹。最终入睡前，傅睿白几番犹豫，还是和陈述坦白：“今天来找你之前，我做了个决定。”

“嗯？”

“创业后我选的第一个项目，是和台里对着干。”

“密室逃脱？”

“对。”

“挺好。”

傅睿白等了等，没等到下文，不由得惊问：“没了？”

“没了。工作上的事情，你自己决定就好，你比我成功。”

陈述的话乍听没什么异常，落进傅睿白耳朵里却有其他意味。一直以来，他和她的聊天话题里始终有个禁忌，那就是陈述未来的工作计划。

思及此，傅睿白忍不住想继续探问，怕太直接破坏氛围，特地换了个轻松的语调问：“陈老师这话听起来有深意，有故事。”

“有故事，但长得很，姑娘要听，改天赶早，老汉我要睡了。”

“‘老汉’是什么鬼？”

陈述只笑不答。等傅睿白自行了悟过来，禁不住伸手推他，被他一把抓住，将她的手安放在自己胸口。

越过他的肩膀往外看，是陈述房间的窗，比傅睿白房间的宽，窗帘没有拉严实，能看见窗外的夜降了，隐约有晨光升起来。陈述床头柜前没有电子钟，无从判断当下时间，四下静寂，只有眼下的他，掌心里的他，呼吸相闻里的他。

傅睿白终于感觉到一丝困意，将睡未睡之际，她想，这一趟，来得值了。

（终）

王曦在平安夜组了个局，是新公司的动工仪式，做电视的人，多少有些迷信，动工之前，要给新屋多添些人气，于是她攒了十几个人，一起到别墅暖房，吃烧烤，打火锅。

组局前，春森天气一直挺好，怎奈天公不作美，真到平安夜这天，太阳突然就匿了迹，更糟糕的是，下午还下了场雨，到傍晚，空气中始终有些不清不爽的水汽。

户外烧烤是没戏了，众人只好齐坐在室内，搭了两个火锅炉，女人们负责备菜，男人们就在毛坯结构的大厅里各自玩闹。

颐立果和胡鸾到得最晚，两人出现的时候，大厅众人围着起哄，都说颐立果犯规，就他一个人带女朋友来。胡鸾有些不好意思，在已到的人群中看到张天放，点头打了个简单的招呼后，她说：“我去帮忙洗菜。”

“水池那块儿都满得站不下了，你还是别去了，来来来，跟我们打牌。”刘生龙遥声说。

“他跟你们打就好。”胡鸾一把把颐立果推走，转身往女人们洗菜的水池处走了。

说是女人们，统共也就四个人，傅睿白、王曦和两个胡鸾没见过的女生。水池还没装好，几人洗菜用的是一根水管，王曦做事很麻利，戴了双胶皮手套，冲在洗菜的最前线。

傅睿白一回头看见胡鸾，面上有些意外："乱乱来了？"

这话引得其他三人也朝胡鸾看过来，胡鸾便摆了摆手，一一和几人打招呼。到了近前，傅睿白依次向胡鸾介绍另两个女生，她们都是前期导演，张天放从北京带来的得力干将，最近在做新项目的策划案。

“需要我帮忙吗？”胡鸾礼貌地问蹲在地上冲洗蔬菜的王曦。

“就不用你沾手了，太冷了。”王曦笑着说，“你怎么有空过来？我听果果说你又被调去做跨年了。”

“嗯，”胡鸾应了声，忽而抬眼看傅睿白，“我，有事想找睿白姐。”

“找我？”傅睿白正拎着水管给王曦放水，闻言向胡鸾递了个询问的眼色，收到她眼神的确认回复后，傅睿白转头，顺手把水管交到旁边女生手里，“你先帮帮曦姐。”

女生接过水管，傅睿白绕开湿润地带，走近拍了拍胡鸾的肩膀，下巴一指，指向室内楼梯，道："我们上楼聊？"

胡鸾点头，跟了上去。

楼里还没有全面布灯，各层窗户和阳台也没全部封紧，傅睿白对这栋楼到底比胡鸾熟，始终在前方带路，好歹找到一处相对不那么冷，还正好有灯泡的地方。

胡鸾定了定神，把来之前和颐立果对过好几遍的腹稿在脑中复习了一遍，正打算清清嗓子直说来意，没想到傅睿白抢先开了口。

“今天来，是特地找我的？”

“嗯。你最近没和我们一起对岛上的后期，我……”说出去的话不在腹稿范围内，胡鸾一时竟然哑了口，因为再说下去，似乎很难避免提到不那么愉快的东西。

“我知道，我让江玉煌帮忙盯紧了，他很专业，很值得信任。”傅睿白善意地接过了她的话。

“对不起，睿白姐。”胡鸾说，“肖然姐也没有办法，吴老师给她太大的压力，她不是——”

“我明白。”傅睿白打断她，“这个我不在意，你们新剪的几期我看了，很明显是你的功劳，你做到了。”胡鸾惊讶地抬头，迎上傅睿白的盈盈笑意，她接着说，“你当时说，想剪成一种情景剧的感觉，在有限的空间里，呈现给观众一种属于明星之间的日常感、真实感，新出的这两期，我感觉到了。”

“你，你看了？”

“我看了。”傅睿白点头道，“我也大概了解了一下观众反馈，从数据来看，虽然节目第一期反响没有大爆，但接下来几期，正如我们最初预想的那样，很稳定，节目黏性很强，豆瓣上评论也不错，很棒。”

听完这番话，胡鸾深吸了一口气，此处是二楼，她想，如果她此刻发生什么意外要离世，她一定很满足。天知道她为节目付出了多少心血，天知道过程中她经历了多少质疑，其实真实数据没有睿白姐说的那样好，胡鸾也知道睿白姐那样说，只是在鼓励她，可平心而论，胡鸾真的很需要这样的肯定和鼓励。

“谢谢睿白姐。”胡鸾说。

“不用谢我呀，这是你自己努力的结果。”傅睿白道，“好吧，现在可以告诉我，找我是有什么事了吗？”

胡鸾整理了一遍思路，态度认真地问：“睿白姐，你为什么从没找我聊过……我的意思是，我想来你公司，可是，总感觉，你有点回避。”

“我？回避？”傅睿白很惊讶，“我以为是你不好意思。”

“我没有不好意思，我记得我提过好几次啊。”

“所以，”傅睿白失笑，“我们这是互相误会了？”

胡鸾不知道该怎么说，事实上，她感到疑惑：“可是，你为什么会觉得我不好意思呢？”

傅睿白目光沉静地看着她，过了一会儿，她忽然问：“难道吴穹还没跟你谈项目奖金的事吗？”

“项目奖金？还没。”

“啊，这难怪了。”傅睿白恍然大悟道，“乱乱，我知道你想来我这里，也从没怀疑过你的决心，但我真的，以为你要等发完项目奖、年终奖再聊这些。岛上节目的项目奖，估计要等播完，我想，你至少还得在台里待到那时候，我确实有点避着和你聊这事，主要是怕给你压力，你放心，没别的原因。”

得知真相的胡鸾一时感动得无话可说，她就那么愣愣地抬眼看傅睿白，一瞬间就把这段时间以来的各种猜测都挥去九霄云外了。

“好了，看你这样子，我怕你又要表决心说不要项目奖之类的，听我的，我不需要你这样，我希望你从台里拿完你该拿的钱，再光明正大地走。最近我这边，是张天放在带着几个人做一个密室逃脱节目的方案，你如果有兴趣，有时间，也可以偶尔来和我们一起头脑风暴一下，当然，不想来也没关系。”傅睿白柔声说。

其实这就是胡鸾今天来找傅睿白的第二件事。

她再次整理了一下腹稿，直言道：“为什么睿白姐还要做密室逃脱呢？”

傅睿白神色微变，感知到了胡鸾问话中的不认同。她不答反问道：“为什么会这么问？”

“我以为睿白姐出去创业，会想做一些更有意义、有挑战的项目。”

“密室逃脱在你眼里，是没有意义、没有挑战的项目？”

“对我来说不是，可我认为，对你来说，是。”胡鸾镇定地说。

“胡鸾，”傅睿白沉了沉声，“按理说，我想做什么，用不着征得你的认同……”

这话听得胡鸾心一沉，来之前颐立果就提醒过她，这话不该说，可是胡鸾还是忍不住，她总觉得，她需要一个答案，一个她还能把傅睿白当榜样的答案，她没想到，原来自己不太受得起傅睿白的重话。

“但是，我愿意和你讨论，因为我看重你。”

好的，她受得起了。

“首先，我们明确一件事，你认为的更有意义、更有挑战的项目，尤其是在前期策划阶段，相比于你说的没有意义、没有挑战的项目，是不是更花时间？”

胡鸾略作思忖，道：“是。”

“好，既然你认同，那我再告诉你，开公司不比待在台里研发中心，每个人每天的工作就是想方案，开公司需要赚钱，维持基本商业运作，这是市场规则导致的，我没办法在一开始就做像你说的，更有意义、更有挑战的节目。”

傅睿白耐心地解释道。

“第二点，你说密室逃脱对我来说没有意义、没有挑战，是你的观点，对我来说不是。比如这一次，我不打算做棚综，我想做实景，虽然国外已经有团队做过了，但我还没做过，对我来说，这就是个挑战。至于意义，我不强求，就像我做《脱逃》第一季，没想过意义，后来《脱逃》上线，观众觉得有意义，那是顺其自然的东西。

“第三点，也是最重要的一点，我早前在相思岛的时候和你聊过，关于做真正的原创节目，我一直想做，一直没有停止过思考。现在我也可以很郑重地向你保证，我做公司，会始终把这个追求摆在首位，我接的所有其他项目，都是为了有朝一日，我能有足够的资源和能力去做原创。这些答案，能得到你的理解吗？”

“能。”胡鸾用力点头。事实上，在傅睿白说到第二点时，胡鸾就被说服了，她承认，她太新、太嫩，视野和格局都太小，所以看不到傅睿白看到的世界。不过，她一点也不后悔自己武断问出口的话，向优秀的人暴露自己的缺点，更多时候是为了修正它。

“好，那胡同学还有什么问题吗？”

“没有了。”胡鸾笑着说。不多时，她又想起一件事，“那我如果自己有原创节目的想法，可以整理成方案发给你吗？会不会占用你的时间？”

“要是你信任我，可以随时发给我，不过我要提醒你，如果方案太差劲，我会直说，而且，会很没耐心，所以，有想法可以，你要自己想清楚。”

“我会的。”

两人聊完正事，心神放松，听到楼下传来的欢闹声。傅睿白当先一步往前走，道：“走吧，下去吃火锅。”

胡鸾点点头跟上，走下一级台阶时，她禁不住感叹道：“忽然想起来，和睿白姐认识有一年了。去年，我是在跨年晚会上见到你的。”

前方傅睿白停下步子：“是啊，一年了。”

“我感觉特幸运，认识你！”

“我也是。”说完这句，傅睿白重新抬腿迈步。

楼下大厅，长桌上的汤锅已经热了，正汩汩冒着热气，围着长桌站立的几人都朝楼梯这边看来，俱是一脸喜悦。

番外篇

人生的路要自己走

（1）汪睿

“我还是觉得，多剪些粉红桥段比较好。周雾的恋情向来是大众关心的，往这个方向剪，可以弥补整体剧情无聊的问题。”第三期节目成片出来，豆子还是坚持最初的观点。

“这个议题我记得第一期我们就讨论过，不成立，周雾那边不会同意，这是其一；其二，周雾的部分太多，容易影响整体结构，节目定位也会模糊。第一二期已经这么剪了，就继续下去，让后期在剪辑上加点花，多点魔性的风格，我认为是现阶段比较合理的思路。”吴穹说。

“可是吴老师，一二期成片的收视和观众反馈不是已经证实这个思路不行吗？”豆子对这段重复的争辩已经失去耐心，对吴穹的反驳开始步步紧逼。

近来和吴穹的几次对峙里，豆子都会在心里假设自己是傅睿白，她会尽可能地以自己所了解的，傅睿白的思路去应对吴穹的挑战。

“收视和点评不能说明思路不行，也许是剪辑节奏的问题。”吴穹依旧是老路子，以退为进。

“吴老师，我可以保证，多剪周雾和陆大鲸的粉红段落，节目收视率和讨论度会提升，你能保证换一个剪辑师或者换一整个后期团队，节目收视会上涨吗？”

“我能保证按我的思路剪，咱们节目上线，不会惹不必要的麻烦。”尽管豆子一而再再而三地压制，吴穹还是那副老神在在的样子。

豆子看着他，反思自己哪个地方没学到傅睿白，为什么吴穹不像怕她那样怕自己。

这时，会议桌主位上的章茜发话了，她的问话是看着豆子说的：“豆子，先不管这些，你是傅睿白的老部下，以你对她的了解，在这种情况下，她会怎么选？”

豆子猜到她会用这招。

即使她自己正在用傅睿白的套路对付吴穹，但当章茜将这件事光明正大地提出来时，豆子心中仍不可避免地涌过几句骂她的脏话，面上当然处变不惊，好像真的在应她的提问而去思考。

扮听话，豆子很在行。

和傅睿白出身不一样，豆子进台里的时候一直是第三方外聘编制，尽管干的活、受的累完全不输给正式工，甚至比正式工还累。豆子也很珍惜台里的工作机会，从未对任何人表露过哪怕一丁点的怨言，她在大学毕业进台里之后，学会的第一课就是阳奉阴违。

不论领导说什么，第一要务是执行，执行过程中的对错自己把握，但绝不要和领导当面起冲突，她太需要编制，太需要留下来——

哪怕以她的学历和能力，她也许可以找到更好的、有正式编制的工作岗位，可她太热爱电视行业，几乎到愿意为之付出一切的程度。

人的欲望是在一步又一步的满足感里见长的。豆子记得自己转正是托傅睿白的人情，包括成为她麾下最得力的副导演，在和她朝夕相处的那几年，豆子是付出过真情的，所以才会在被她拆穿所作所为的那一刻，先有一种如释重负的快感，然后才是愧疚。

是的，愧疚。对傅睿白，豆子有过愧疚，至于其他的情绪，遗憾或后悔，坦白说，她没有。

人不为己，天诛地灭。傅睿白从来不是她，自然无法懂她的处境，无法理解她的步步为营，谨小慎微。

豆子不求她理解。

早在做《脱逃》时，豆子就窥到了周雾对傅睿白的情意，那种毫不遮掩的少年的好感，可惜傅睿白察觉不到，不是她迟钝，是她太习惯这些来自四面八方的异性的好感，以至于不特别在意是谁了，即使是周雾，这样被粉丝捧得高高在上的人物，她也没有放在眼里。

傅睿白的这种清高自傲，坦白说，豆子很讨厌。

她嫉妒傅睿白，她承认。若干年前，她喜欢一个新来组里的男孩子，很快，她和那男孩子打成一片，打成一片的结果不是两人发展成男女朋友，而是豆子变成了一位“闺蜜”，开始倾听自己喜欢的人谈论他喜欢的人。

当然，故事很狗血，她喜欢的人喜欢傅睿白。

如果非要把对傅睿白做的事和这份纯女性的嫉妒分开，豆子承认自己分不开，老实说，如果不是傅睿白对任真的处理太过决绝，豆子会把对傅睿白这份微妙的反感压抑在心底。

可事情的发展总不按人的意愿前进，傅睿白动了任真，等于动了豆子想象中的自己，任真和过去的豆子一样，是一个还在等待台里正式编制的可怜人。傅睿白毫不顾及任真颜面，也不管她未来生路会不会受影响，仅仅只图自己痛快，或者说是肃清自己身边的威胁，就能对为自己鞍前马后数年的下属这样狠毒。

豆子打心底里不服，她眼看着傅睿白对胡鸾——一个对手团队里的新人——那样包容，宽宥，却对自己身边的老人这样刻薄，报复心好似将熄未熄之火，风一吹，立刻就燃起来了。

凭什么她们这样顺风顺水的人要一直顺风顺水下去，而像她和任真这样一路逆境上来的人，连一个小小的机会都不被允许得到？

出于这样貌似正义的缘由，豆子拍下了那段令傅睿白大失所望的视频画面。她并非没想过这段画面上传到社交网站上的后果，只是那后果于她而言，不足以抵消她对这个世界不公平的愤怒，哪怕后面被傅睿白亲手拆穿，她也没觉得自己错了。

愧疚，只不过人性善良本能的一丝微弱颤动而已。

豆子，不，她更愿意叫自己汪睿，做人做事以后只会更狠。

（2）章茜

章茜抱臂坐在主位，以一个看似悠哉的状态看他们辩驳，第三期成片刚审完，总编室的领导看了不大满意，具体哪里不满意，领导们没有说。章茜倒不是很在意领导们的反应，毕竟收视说明一切，她要的是收视率和点击率，要的是流量。

眼前是手下两个团队在较量，一个是刚被扶起来的新人，一个是无功无过的老部下，对于他们的观点，章茜一开始还能专心听，听着听着，她就走神了，今天用的香水味道很浓，她坐在那里，神思却随着这浓郁的香味飘远了，她刚刚问豆子傅睿白，确实是想到了她。

不得不说，眼下这两人，论魄力、论气势，没一个能和傅睿白比。其实从管理的角度来讲，即使傅睿白的行为造成了重大影响，对她的处理，大可不必那样决绝的。只可惜，她是傅睿白。章茜承认，她是存了私心，有心想让她走，所以没给她留一点后路，甚至还大方提拔出卖过她的人。

人活到章茜这个年纪，手上权力握了太久，就很难习惯当一个纯粹的好人，她得有点手段，这样，才不容易被人拿捏，这样，位子才能坐得久。

节目后续剪辑方向的讨论会，章茜没开太久，走之前，她给会议室里几人留下话："我不管你们谁做主，第三期播出，我要看到实实在在的成效，你们别跟我扯那些高谈阔论，我等数据说话。"

说完她就走了，晚上约了陈述吃饭，她不能迟到。

餐厅是陈述选的，在吃这方面，陈述是行家。

早年，他刚进台里，最想做的是美食节目，彼时，综艺市场还没现在这么热，好多提案提完就被毙了，他再提，再毙。最后，也不知道什么时候，他突然不提了，接着，就像某种命数证明这孩子时运不济，美食节目火了，陈述开始消沉了。

要问章茜在台里这么多年，真正觉得自己愧对谁，那真的除了陈述没别人。

这个孩子——尽管陈述今年也三十好几，在章茜眼里还是孩子——骨子里、根里都是端端正正的，也亏是家里养得好，在电视圈摸爬滚打也没走歪。他刚来台里的时候，章茜特别喜欢他，常带他四处走动，见各种台领导，想为他以后铺路。

男女关系上面，她给过暗示，虽然被陈述明着拒绝过，章茜也不恼，女人上了一定年纪，有年轻男人在身边就足够让人欢喜，至于这个男人是不是自己的，归根结底不重要。所以陈述谈恋爱，交女朋友，章茜没管过，更不存在吃醋什么的，她只要他还在自己手下，工作上随传随到就行。

傅睿白是怎么成为章茜眼中钉一样的存在的呢？时间线一点都不难追溯，打从陈述带傅睿白开始，章茜就看她不顺眼了。这心思都不用推究，很简单，她不大喜欢陈述在工作场合对别的女人太好，尤其那时候傅睿白那么年轻，喜欢陈述的心思那么明显，成天围着陈述转，太讨章茜反感了。

无奈的是，傅睿白这人，能力强。就这点，章茜拿她没办法，她承认自己偶尔滥用权力，但也一定是有的放矢，傅睿白不犯错，她绝不故意找茬，这是章茜的做事原则。

而且，章茜并没想到，傅睿白后期发展得竟然比陈述还好，她在综艺环境大热的那几年，越来越成功，章茜一路看着，羡慕嫉妒没有，反倒滋生了一种微妙的欣慰。好像自己寄生在了傅睿白身上，早年没来得及完成的抱负全都在她身上实现了，章茜将功劳揽到自己身上——是自己放弃了私欲，一路给这个“眼中钉”绿灯通行，没给她使绊子，才让她有今日的成就。

可这并不代表她喜欢傅睿白。

开了空调暖气的包间里，章茜刚给另一个杯子倒满茶，陈述就推门而入，她招呼他坐，偌大的包间，偌大的圆桌，陈述选坐在离她最远的位置。

章茜笑了笑，将茶杯转去他面前，陈述没接，拿了菜单低头翻看。

“想吃什么？”他问。

“随便，你点就行。”章茜说。

陈述点了四道菜，两荤一素一个汤。他们现在的关系确实不像早年她带他那样亲近，可也没有恶化过，主要章茜几乎没有亏待过他，哪怕他后期在台里没接什么项目，她还是给他留着负责人的位子，钱也没少给。

章茜知道，就冲这些，他不会和她交恶。

“回国了有什么打算？”她问。

“没什么打算。”

“吴穹说你要去北京。”

“没这回事。”

陈述答话语气冷淡，章茜也不恼，耐着性子继续问他：“要是想单干，我可以给你介绍——”

“不劳烦章总了，饭我吃得差不多，您有什么事，还是直接讲吧。”陈述打断了她。

章茜笑了一会儿，这期间，眼睛直勾勾地盯着他看，陈述任她看，面上半分不自在也没有。这让她忽然觉得有些失落，他们确实没有交恶，却是肉眼可见地疏远了。许多年以前，她看他，他总是会闪躲，尽管知道他不是害羞，章茜对他的反应却是受用的，她喜欢见到他不自在的模样，还像个小男孩。

“听说傅睿白挖了我的人，要创业？”她给自己盛了一碗土鸡汤，问完问题，抬眼观察他的表情。

“我没听说。”陈述脸上神情很淡，不像骗她。

“那你消息是有点闭塞。你俩不都要谈婚论嫁了吗？还有这么大的灰色空间啊。”

“我当您在自说自话了。”

章茜把手上鸡汤放回桌上，一口没喝，耐心耗尽，她选择直截了当：“你别用这种态度跟我说话，我没心思打探你的私生活。今天找你来，不过是叙个旧，吃个饭，顺便提醒一句，傅睿白如果真要创业，我不管，我祝福她。但她最好别把手伸到我这里，挖我的人，你俩应该都很清楚，我不是那种能吃亏的人。”

“我应该把这当成是威胁吗？”

“你传话就行，是不是威胁，傅睿白自己把握，跟你没关系。”

“章总刚刚不是还说我和她到谈婚论嫁的地步了吗？传话我是不在行，不过您这番话，说给我听等于也是说给了她听，我代她回应您一句，谢谢您的提醒，我知道了。”

章茜被噎住，好半天没说出一句话来。眼前的陈述还是当年那个陈述，他从她这里没学会别的，就学会了护短，早年就曾为傅睿白跟她顶嘴，现在还是一样。

只是那时候，傅睿白还是他带的实习生，而今，他们倒是终于走到一起了。

章茜摇了摇头，苦笑。

她对傅睿白是真的喜欢不起来啊。

（3）陈述

和章茜见面的事，陈述犹豫了许久，到底要不要告诉傅睿白。他和她之间最近颇有些各怀鬼胎的倾向，她不肯告诉他自己在忙什么，他也没想要和她分享自己知道些什么。

陈述明白，她担心自己影响她的决定。出于这层了解，他选择不告诉她章茜的事，但是没想到会酝酿出一场风暴。

七年前，陈述第一次见到傅睿白，她是个漂亮年轻的女孩子，在人群中很显眼，陈述当然一眼就注意到了她。那么多实习生排排站着，只有傅睿白是最松弛的，她看起来文静内向，但每一道从她眼里传递出去的目光都透着自信。

傅睿白很快成为当时节目组男人们热衷讨论的女生，陈述作为前辈，自然不便参与这些讨论，有时他甚至会主动远离话题。可即便如此，他还是听到了很多关于傅睿白的消息。

那段时间，陈述处在极其跌宕的内心变故中。台里一些灰色的存在像爬藤一样缠绕住他，他试图要挣脱，但他的前辈告诉他不要做无用功。大抵因为太厌恶这些类似于潜规则的东西，使得陈述在遇见傅睿白的最初就套上了繁重的道德枷锁。

他早已在心中默默地给自己画了线，傅睿白是永远不能越界的人，他必须永远和她保持界限。

傅睿白在《夜不眠》节目组的老师是陈述，说是老师，其实他不过只是指导她一些常规型的现场事务，傅睿白悟性极高，工作上进又努力。

是什么时候发现她对自己有超出普通前后辈的情感呢？陈述短暂地回忆了一遍，想起一桩往事来。

那是一次外景录制，由于事出突然，导演组没来得及申请拍摄许可，自然也没法让场地方负责清场。《夜不眠》节目组请到的嘉宾通常都很大牌，国民度极高。因而录制当天，出了些没法控制的状况，导演组的人，无论正式编制还是实习生，都临时担负起清场的工作。其实照常来说，导演组上前去说了，围观群众通常都会配合，不管是散开还是拍照，他们不大纠缠。

偏偏就是傅睿白遇上意外，有一对情侣大概是被其他路人推搡了一下，傅睿白正好上去让他们不要围观，情侣中的女生被惹怒，当即就对傅睿白恶言相向，傅睿白试图和他们讲道理，无奈失败了。周围导演组的人都在人群中忙碌，现场嘈杂又纷乱，没人注意到她的遭遇，自然也没有人出来帮她。

还是外景录完，嘉宾们回到棚内，凌晨两点，棚内部分也录完，导演组收工的时候，陈述才在一个角落发现了独自蹲在那里的傅睿白。

她双手互抱着手肘，角落没什么灯光照射，漆黑的光线下，她一个人哭得稀里哗啦。

陈述没有打扰她，也没有在她哭的时候安慰她，他只是静静地站在她旁边。直到她哭完抬起头，这才意识到他的存在。

她当即吓得站起来，触电一样，搭配着刚哭过的眼睛，湿漉漉的，像受伤的小动物。

“陈，陈老师——”傅睿白抬手擦掉眼泪，毕恭毕敬地站在那里，很羞怯地问他什么时候来的。

陈述当时不知道她为什么会独自在暗处哭，他根本没想到会是录节目被路人骂了的原因，只觉得或许是有什么伤心事，来自家人、朋友或恋人的，这么想着，他便也没打算多问，只简单地说：“没多久，哭完了吗？”

傅睿白点头。

“好，哭完了回家，你住哪儿？我送你。”

送傅睿白回去的车程上，陈述记不清是谁起的头，总之，那一路，他听完了她晚上的遭遇，知道她为什么偷偷抹眼泪，只是听完她的讲述，她租的小区也正好到了。停车前，陈述犹豫过，是不是要安慰她几句，他后来想，之所以会犹豫，应该也是想得到。可自己一旦安慰她，是否会引发不必要的麻烦？

犹豫归犹豫，车停时，陈述还是忍不住对她说：“做节目，会遇到各种各样的突发状况，你今天遇到的这两个路人，他们让你委屈的点，无非就是那些难听的话。你可以想想，这两个人认识你吗？他们知道你是谁吗？他们了解你的工作能力吗？他们否定你了吗？”

那时的傅睿白天真懵懂，像海绵一样汲取行业知识，把他的开解奉为圭臬，坦白说，陈述对她的眼神很受用。他承认，他一直有好为人师的恶习。

“他们不是否定你傅睿白，他们只是在发泄情绪，他们发泄情绪的理由千奇百怪，也许像你说的，他们是被人推了很生气，或者他们刚吵完架，正在气头上，你正好撞到枪口，不是没有可能。不管是哪种可能，他们说你的那番话都绝不是在针对你，他们犯不着针对你，你们以后可能再也不会见面。那既然是这样，何苦还要放在心上呢？”

听完他的话，傅睿白似懂非懂地点了点头。她的样子太乖巧，陈述是正常的男人，他很想伸手去拍拍她的头，或者是肩膀，未必是某种男女间的互动，仅仅只是一道鼓励。

可他克制住了，他没有那样做。

回忆至此，陈述骤然发现自己的思路跑偏了，明明是想知道傅睿白是从什么时候起对自己有超出普通前后辈的情谊，为什么想起来的却是自己对她动恻隐之心的部分？

那么，傅睿白到底是什么时候开始的呢？陈述重新陷入回忆，脑中有一根发光的电线，带着他在记忆的隧道穿梭。

是傅睿白刚到台里参加第一场跨年晚会的时候吗？

她被分组导演安排去跟一组嘉宾，她得和他们讲台本，负责他们的现场走位，出场次序，还得应付同样被请到台里的嘉宾们的家人。那时，傅睿白在《夜不眠》项目组独自负责一个录制环节，也许一开始还会出小差错，渐渐地，她已经可以独当一面，像一个成熟的节目导演那样控场。

跨年晚会是她头一次独立对接艺人及团队，陈述当时在导播间，那么多台监视器，导播间那么多人围站着，他心里竟然还特别记挂着傅睿白，她甚至不归他管。

后来一整台晚会，陈述对她那种隐隐的担忧都没有放下。

晚会结束，他在后台找到她，她又一个人坐在角落里，眼神放空，显然倦极，有和她同期的男生喊她一起走，陈述听到，步子停下来，意识到自己多事，转身要离开。

没想到她已经看到他，远远喊他："陈述。"

不知道是从哪个具体的时间点开始，她不再叫他老师，而是直呼他的名字，往常陈述没觉得有多不妥，但是在当时的境况下，他意识到这个称呼过于亲密了，亲密得让他感到不适，尴尬，他捋不清自己不适感受的源头。

"你来找我吗？"傅睿白走到他身侧问，脸上有笑容。

陈述余光还能看见在等她的那个年轻男孩，不知道是哪一种鬼迷心窍的缘由，他摇摇头否认："不是。"

傅睿白的笑容瞬间消失，但她仍然盯着他，用一种期待的眼神：

“我可以蹭你的车回去吗？”

陈述没接话，他考虑的时间很短，一抬头，往等傅睿白的男生那里，遥声道：“你也一起吧。”

离开后台之前，陈述没有太去注意傅睿白的情绪，他认为，这是他应该做的，正确的事。

当天凌晨，陈述先后送了三个导演组的小朋友回家，傅睿白最后，其实她应该是第二个下车的，如果陈述没有特意绕路的话。一段送各人回程的路，那么多分岔路口，陈述的犹豫时间短到根本无法以“秒”来计时。第三个小朋友下完车，陈述没有立刻发动车子，车里静了一两分钟，他看着后视镜里的人说：“坐前边来吧。”

傅睿白乖巧地照做。

等她坐到副驾驶，陈述也没有驱车离开，而是问出挂怀了一整个晚上的问题：“怎么又一个人躲在角落？”

傅睿白似乎对他的问题感到惊讶，大概她真信了自己说不是去找她的话。她飞快地看了他一眼，神情有些慌乱，彼时她还很年轻，全然不像现在这样滴水不漏，她那样的慌乱落进陈述的眼里，自然等同于确有事情发生。他不急，徐徐地从车前拿出烟来，在她目光触到烟盒的瞬间，他问她：“介意吗？”

傅睿白摇头。

陈述便点了根烟，慢慢地等傅睿白整理思路。她说得很慢，很碎，事情的脉络和他想象的差不多，她是在后台被艺人刁难了。听完她的叙述，陈述猛吸了一口烟，最后一点烟头，他掐灭在随车备着的烟灰缸里，又从车里翻出专门装烟头的一个盒子，照常将烟头丢进去。

傅睿白看他这一连串动作看得饶有兴致，末了，陈述听见她说：“我以为你会直接丢到外面。”

陈述笑了笑，终于启动车子，要往她家去。三四点的春森冬夜，空气中弥漫着潮湿的不知是气体还是液体的东西，马路上没有几辆车往来，陈述开着车，傅睿白还在说：“第一次见人有专门装烟头的东西。”

陈述又被她逗笑了，意有所指地说：“还是你见的人少。”

“是。”傅睿白低下头去。

“我说的是，让你难受的那件事，你发现没有，这件事和你上次录外景遇到的状况性质相同。”

“哪里相同？”

“上次你也是觉得，怎么一个路人也可以随便对你发脾气，你很没有尊严。这次，你也是觉得艺人把你当用人使唤，很没有地位，不是吗？”

“可这次，不仅仅是艺人，是艺人的家人，我是重点院校毕业，正规招聘渠道进的台里，我的职位是编导，艺人我接受，毕竟他们习惯性差遣身边的助理，可为什么连艺人的家人也可以随时给我下任务而我还不能拒绝呢？”

“一样。”

“不一样！”傅睿白急着反驳道。

“好，”陈述失笑，安心缓慢地开着车，“你说说，哪里不一样。”

“台里的问题，我们不应该在艺人面前这么卑微。”

“好，既然你判断是台里的问题，那么针对这个问题，你有什么解决方案？”

“我——”傅睿白噤声了。

仅靠余光，陈述就能轻易看穿她此时的内心，他尽可能用柔和的语气点破她的想法："你没有想过解决方案，对吧？"

"嗯。"

"不怪你。你说的这个问题确实存在，不过不只是台里的问题，是行业的风气，大环境的问题。跨年晚会上的艺人，各个拎出来都是一呼百应、千应的身份，现在时代已经和过去不同了，电视台之间竞争激烈，不再是一家独大，平台的优势没了，确实要靠艺人带动收视，从这点上来说，我们确实卑微。"

"可是，台里是花钱请了他们的啊。我以为这个世界上的准则是，谁花钱，谁是大爷。"

"好，你说谁花钱谁是大爷，那么你告诉我台里的钱从哪儿来？"

"广告部的招商。"

"非常好，那么广告部靠什么去谈招商？"

这个问题过后，傅睿白沉默了。陈述知道，她明白自己的意思，对她，向来只需要点到即止。

其实那几年，演艺圈艺人至上的风气远不像现在这么严重，可如今追溯起来，陈述只是唏嘘，时代的潮流是大浪，那时的他们，窥到的不过是一点前面的小浪花而已。

那一晚，陈述把傅睿白送到小区外面，她在车窗外对他挥手告别，年轻的女孩穿着厚厚的羽绒服，头上戴着羽绒服的帽子，一圈毛茸茸的帽边，被开解后的她脸上笑盈盈的，呵出来的气飞快融进周围的水汽里。

陈述久久凝视她，心下陡地升起一股危险的不舍，而当他意识到这股不舍时，立即收住了自己的情绪，收回笑容，以老师的语气生硬地对她说："快回去吧。"

车窗摇上去之前，却还是忍不住补了一句：“早点休息，别着凉。”

他看不到傅睿白后面的神情，那时的他觉得自己很伟大，又克制又得体，只是时到今日，在回忆里翻找蛛丝马迹的时候，他无法否认这些场景里自己的表现，是存着卑鄙之心的。

他口口声声说自己只把她当徒弟，可这桩桩件件盘算下来，他真的从来没让她死过心。

某种程度上来说，他是个渣男，彻头彻尾的渣男。

（4）周雾

再和傅睿白见面，是在一次饭局。

周雾到春森参加一个活动，主办方组织了一个晚宴，傅睿白也在受邀嘉宾的行列。

心动过的女性大约会散发神奇的磁场，傅睿白一露面，周雾就注意到了她。夏天的傍晚，她穿一件红色T恤，束在一条高腰牛仔裤里，她的鞋子也是红色的，和她相处的短暂周期里，没有见过她穿红色，所以乍然见到，周雾有一瞬间的晃神，时隔将近一年，她仍带给他惊艳的感觉。

傅睿白主动来找他打招呼，她说的是“嗨”还是“你好”，周雾没听清楚，他是有一些紧张，全没想过她会这样大方，转念一想，又觉得是自己太过拘束，她一直是这样大方的女性。

“很适合红色。”周雾说。

傅睿白神色间似有不解。

“我说你。”周雾于是补充了一句，顺手从侍应生那里拿了一杯红酒递过去，“要喝吗？”他想留下她，哪怕一杯酒的时间。

谢天谢地，她接了酒。察觉到自己正在莫名其妙地感谢神祇，周雾心下自嘲，在感情里，他几时这样卑微过？

“最近怎么样？”周雾和她碰杯，寒暄的语气轻而又轻。

傅睿白接过酒杯后，眼神提防地注意着宴会厅往来人群，她没有看他，令周雾感到沮丧。他在任何空间任何时间，但凡在女性面前，总是引人注意的，也只有傅睿白此人，能够对他视而不见，他知道她在担心什么，可越知道，他反而越郁闷，彼时或此时，他都无法在第一时间吸引她全部的注意。

“还好。”傅睿白终于看向他，笑容温和又疏离，像一个得体的长辈。

“这是时尚活动，你怎么会来？”

“茗香姐的邀请，我最近在策划一档时尚类的节目。”傅睿白轻声道，“算是来取材。”

李茗香是这次活动的主要策划人，周雾知道。在听完傅睿白的解释后，周雾远远看见执行经纪正在四处寻找自己。几乎就在发现她的当下，周雾的手忽然不受控制似的，伸向了傅睿白的胳膊，在她诧异的目光下，他极力掩饰慌张，说：“换个地方吧。”

傅睿白很意外，周雾没给她太久反应和思考的时间，径直转了个身，往出口的方向走去。

一路走得很忐忑，担心她不会跟来，这种无法自控的细微情绪周雾很怀念。

他最近接到几个电影剧本，都是写爱情的，故事中的人物谈恋爱都欲生欲死，轰轰烈烈，周雾找不到感觉，他推掉了这些极要情绪张力的本子，接了一个青春校园类的爱情片。

他想，这种相对真实的情感，他应该更能拿捏，可真到读剧本的阶段，他忽然发现自己心里很空，往外掏不出东西来。

之前和樱井的地下恋情很稳定，很成熟，她是个绝佳的恋爱对象，事少，社会关系简单，并不会额外添什么麻烦。大约也是太过于稳定，她和他都再找不到必须在一起的理由。

于是，就在这个夏天，他们持续也不过就几个月的恋情宣告结束，樱井回去了日本。

宴会厅外有一处面积不小的露台，露台上布了灯光，有三两作堆的人聚在一起轻声细语地说着什么。周雾一路沿着光线晦暗的地方走，没人认出他来。

傅睿白终于是，跟过来了。

露台区域已被瓜分殆尽，一圈走过，两人始终没有找到僻静的位置。周雾还要顺着转角楼梯往楼下走，身后傅睿白喊住他："周雾。"

周雾驻足，心脏被敲得钝响，久违的感受。

"就这儿吧。"她指着当下所站的楼梯口说。

周雾照做。

两人依靠着转角楼梯的扶手，傅睿白看夜空，周雾看她，他猜测她愿意跟自己过来是别有所图，他不介意，心脏疼痛的感受失去太久，他想重温，无关乎她带着什么目的。

"刚才都没问，小周最近怎么样？"她问。

"正常那样。"

“听说你最近都在拍电影。”

“对。”

“拍电影是不是比拍综艺有意思？”

“没。”

“既然没有拍综艺有意思，我怎么听说你最近都没有再接过综艺了？”

周雾沉默，心里突然冒出甜味。

“这么关注我吗？”他毫不掩饰地问。

傅睿白笑着掠开一把飘飞的头发，双手搭着栏杆，回转过视线来看他：“你怕是对自己的人气有什么误解，哪怕我不去主动搜索你，也总有人向我更新你的消息。”

“傅导还是这样坦诚。”周雾苦笑，“专挑我不想听的说。”

“好，那小周想听什么？我说。”

“想听你分手了。”

傅睿白的笑僵在脸上，气氛因此而尴尬，周雾并不打算挽救，他此时已经更加确定，傅睿白有事找他。既然是她有求于他，那么主动权在他手上。

“别开这种玩笑。”傅睿白沉声说，配合着这个声调，她的表情也沉下来。

如果他们之间的交谈可以用战争场面来形容，那么在听完傅睿白这句话的时刻，周雾就已经鸣金收兵了。半分钟前他认为自己手握主动权，半分钟后他认为自己一辈子不可能在她面前手握什么权力。

他先爱上的也就罢了，偏偏她根本不爱他，一段无疾而终的感情，周雾输得彻彻底底。

“所以呢，傅导还和他在一起吗？”周雾换了个不那么戏谑的语气问。

“我们打算结婚。”

周雾双手搭在楼梯扶手上，整个人向后伸展开，他想让自己至少看起来轻松，不那么惨。

“最晚大概也就今年底，或者明年初。”

“我是不是只能说祝福了？”

傅睿白静静地看着他，周雾任由她看着，过了好半晌，听见夜风送来她的声音：“小周如果不想给我祝福，可以不用。”

“好。”

“有一句歌词你或许听过，‘得不到的永远在骚动’。”

“嗯。”周雾淡声应了句，又忍不住说，“傅老师要给我上课了。”

“没有。”傅睿白语调平缓，“我只是想知道，这句话能不能用来形容你的状况？”

“你是在问我？”

傅睿白低头笑了，风吹得她头发翻飞，周围灯光明明是暗淡的，周雾却觉得她在发光，她一颦一笑间流转的眼光仍让他心动不已。

在这时，周雾忽然感到难过，一年多的时间不长，也不短，那么多个日日夜夜，他身边有过别人，他拍电影时也会因为入戏太深而对女演员有转瞬的心动，他以为这段时间里，他已完全忘记傅睿白，毕竟很早就听说她已经等到她喜欢的那个人。

可现下，此刻，她站在自己身边，穿着简单的服饰，化着再淡不过的妆容，她没有撩拨他，没有引诱他，甚至对他有些防备，可即使这样，即使这许多的重重困扰，他还是喜欢她，很喜欢她，想要抱住她，从她身上感受属于她生命的热度。

然而他也知道，这些所有的“想要”，至多只能想想，他不能这么做，她也不会允许他这么做。大抵心里非常悲伤地懂得今次的相遇或今后的相遇，他们之间永远不可能有跨越平行线的交集，他才越觉得这段感情难以忘却吧。

“小周以后一定会遇到更好的人。”傅睿白说。

“嗯，好。”他不再和她抬杠，心下失去了抗争的力量。他想，他对她认输了。

“你还很小，你人生的范围、边际都还很大，是我们这种普通人比不了的。”傅睿白又说。

“如果傅导是想安慰我，其实大可不必了。我实在没有你想的那么弱，顶多有点不甘心罢了。”

“好，我不安慰你。”

“那么，傅导可以提正事了吗？”

这个问题明显在傅睿白意料之外，她的神情很惊讶，不过很快，她恢复过来：“小周还是一如既往的敏锐和直接。”

“也就这点优点吧。”

傅睿白被他的话逗笑，静了一会儿，她又兀自笑开来，像是被戳中笑穴——尽管周雾完全意识不到自己话里的笑点在哪儿。

而傅睿白好像看破他的茫然似的，定了定神说：“看来你是真把敏锐和直接当优点了。不错，在这个圈子里，这两个都算是优点，最近不是流行真性情和耿直人设吗？只是大家都挤破头要把这一面表现在节目里，形成人设，优点也显得做作了。”

周雾试图从她的一长段话里拎出重点：“傅导还是想找我做节目？”

傅睿白今晚第二次露出无比惊讶的神情，令周雾感到欣喜的是，惊讶之外，他还发现她脸上有慌乱。

无比讽刺，有所图的人，总是一致的漏洞百出。

不过傅睿白还是傅睿白，整理情绪的速度飞快，周雾还没享受够她的慌乱，就听她条理清晰地说：“对，就是打算和茗香姐一起做的，时尚类节目，我们俩不谋而合，都想请你参加。”

“为什么？”

“很明显，你合适。说时尚品位，你在同龄的男艺人当中，应该是数一数二，而且别具一格吧。”

“傅导在给我戴高帽。”

“这是茗香姐对你的评价，时尚圈，我外行。”

“好，那么参加这个节目，我需要做什么呢？”

“具体是什么类型还没想好，茗香想做选秀类，如果选秀，我希望你和茗香都是导师，但今年选秀节目有限制，真要做，估计落地很不容易，其他的想法都还在陆续优化，你如果感兴趣，一旦我们有成熟的策划案出来，我都先发给你。”

周雾认真听完她的话，认真地长叹了口气，引得傅睿白用不明所以的目光看着他。有意让她等待的时间已经足够，周雾也看向她，在她略显忐忑的目光下，他坦诚地说：“很抱歉傅导，我今明两年都没有参加综艺节目的计划。”

傅睿白的失望全数落进周雾眼里，为此，他有些高兴，他决定擅自认为，她失望是因为想和他合作的意愿落空。

“没有参加综艺节目的计划，是指？”

“这两年专心拍戏。最近在看的都是电影和电视剧项目。”

傅睿白脸上渐渐露出为难的神色，周雾猜到她的想法，为了打消她的顾虑，他径直说了出来：“傅导不要把我想得那么小心眼，我不参加综艺节目只是出于自己的考量，我想让自己更专注，以我有限的综艺节目经历，坦白讲，容易稀释我对表演的热情。所以，真的很抱歉，不是针对你。”

傅睿白耐心地听他说着，脸色慢慢柔和，一段沉静过后，她的脸上浮现出笑容，可惜，不是爱情的笑容，更像是，长辈对晚辈的，那种肯定意味的笑容。

够了，周雾想，已经够了。

“既然你对自己未来的规划想得这么清楚，我也不强求了。确实，我找你，除了觉得你合适，当然还有人气的考量，现在综艺市场日渐萎靡，节目花大心血大价钱做了，一上平台毫无声响是常有的事。过去我在一线卫视，有台里给我托底，现在自己创业，每一档从我这里出去的节目，我都得顶着不成功便成仁的压力，我也坦白说，这次要不是茗香姐提到你合适，我本意是没有打算麻烦你的，虽然自从我们上次合作以来，都没有再联系，可就像你说的，我也在关注着你，知道你的演艺道路走得这样稳，你自己这样清醒，作为一个算不上朋友——”

“傅导是朋友。”周雾打断她的妄自菲薄。

傅睿白愣了片刻，旋即又笑了：“我们当然算朋友。我是想说，作为朋友，看到你现在这样健康成熟的心态，很欣慰。”

周雾对她说了谢谢。

傅睿白最后又对他说了些寄语，听上去是客套的，客套完，两人就在露台分了手。周雾目送她离开，直到她最后一点红色影子消失，他也没有收回目光。

这是春森的夏夜，幸而城市入夏没有太深，暑气不重，夜风干燥而温柔，周雾的神思恍惚又茫然。晚上他并没有喝很多酒，可是刚才那个发生过的场景，再在大脑演绎时，竟让人有些目眩神迷之感。周雾静静地品味内心细微的感受，想到不知在哪儿看过的电影，抑或是哪一部书里描绘的，爱情不只是巨大深切的痛觉神经失调，爱情也会是这样寻常静谧的独处，寻常的一通聊天，唯独那颗胡乱跳动的心脏，一点不比轰轰烈烈的感情来得安宁。

周雾想，他应该能在即将开机的那部电影里很好地拿捏人物了。只是再抬头看远处夜空、夜色，还是不免感到落寞。

他需要再爱上其他人，最好那个被他爱上的人，也能爱上他。

（5）为人夫

新店选址的工作，陈述还是全权交给了任非，这项事宜，两人之前有过一些争执，陈述坚持不进商场，任非则认为要把“一口陈香”的品牌做出档次，一定要进商场。

最近餐饮难做，“一口陈香”主打新式湘菜，菜品定价没法走大众路线，确实应该开在商场，这样至少客流量方面不必太过担忧。任非的坚持情有可原，陈述不打算再固执己见。

前期工作分出去，陈述便闲了下来，他是想着终于有更多时间可以照顾妻子，她怀胎七个月，虽然孩子不怎么闹腾，没给她添太多麻烦，可她自己却喜欢“自讨苦吃”，工作节奏怎么也不肯停下来。

早上出门，她说她今天主要去公司盯盯宣传片，陈述信了。中午喊她回家吃饭，她说在公司顺便吃了点，陈述不信，翻开朋友圈，看到她公司一个小姑娘发的照片，说今天节目预录。

陈述决定去现场“抓”她。

现场工作人员有一些认识陈述，有一些不认识。陈述到的时候，预录正在走流程，陈述对那些认识他的小朋友挨个儿示意了缄口，他自己一路摸黑，避开地上电线，借着微弱的灯光找到妻子的站位。

入冬季节，她穿黑色大衣，挺着个大肚子，一只手拿手机，另一只手拿着对讲机，还在叽里咕噜地以极快的语速安排工作。

怀孕初期，她身体反应特别大，每天睡不好，体重骤减，脸色每天都是苍白的，即使是那时候，手头工作她也没舍得交出去。陈述知道，不是她专权，是创业起步阶段，生存压力大，每一件接到手的活儿她都想做好，所以盯得紧，后来她也确实用实力向业界证明，傅睿白出品，实属精品。那时，为了更专心工作，她把留了许多许多年，自陈述认识她开始就有的长发剪短了，短到将将及耳。孕期，她就一直留着这样的短发，利落又干练，和她现在的气场一样，少了许多女性的柔和，多了使人感到压力的锐利。

“陈老师来了。”一个清脆的声音突然入耳，将陈述从漫长的遐想中拉回当下场景，陈述先认出声音主人是谁，偏过头去时已经带了笑意。

“还顺利吗？”陈述问。

“顺利。”胡鸾眯着眼睛笑了笑，“就是睿白姐，要求太高了，对舞美不太满意，在跟灯光老师试效果呢。”

陈述因着她说的话去抬头看棚内灯光，他离开电视圈已久，对这些细项都失去了判断力，分不出效果的好坏，当他目光往下，又落回傅睿白身上时，正好一束灯光打在她身上，照着她的侧影，空气中的尘埃萦绕在她周身，她抬头看灯的样子像圣母像里的主角。陈述心念一动，顺手从大衣口袋掏出手机，打开照相机，挑到一个好角度，咔嚓就给她拍了一张。

照片拍完才意识到身边有人，陈述自觉失礼，递了个不好意思的笑容，手机立刻收回了口袋。

“不好意思。”他说。

“没事没事。”胡鸾体谅地笑着说，“陈老师真的很爱睿白姐，你们感情真好。”

“是吗？”陈述仍然望着傅睿白的方向，她又在往对讲机里下着密集的指示。

“当然了。公司谁不知道，你每天都给她做便当，我们快羡慕死了。”

“你们想吃随时可以来家里。”

“忙完这阵子就好了，其实睿白姐不用事必躬亲的，棚里环境不好，我们都挺担心她，可她谁的话都不听。”

“我的话她也不听。”陈述摇头。

关于棚里建筑材料有化学物质挥发，有可能对宝宝造成影响的担忧，陈述在最初就和傅睿白沟通过，她认同陈述的观点，可她一旦对工作事项操心起来，就完全顾不上这些了。比起工作的焦虑使她无法放松心情，陈述更愿意让她自由点做自己想做的事情。

“要去告诉睿白姐你来了吗？”胡鸾心思比其他人细，她是头一个先问陈述要不要让傅睿白知道他来了的人。

“不用，我等她就好。”陈述说。

“行，那我先去忙了。”

陈述笑着目送她。

胡鸾走后，陈述站在暗处，他在心中猜测，她会什么时候发现他呢？猜了很久，等了很久，有些累了，他回身找到一把椅子，拉过来，顺势就坐了。

眼前的妻子还站着，她毕竟是孕妇，久站乏力，终于要空出一只手来扶腰，大约是扶腰不够，她也回头四顾了一下，似乎也想找把椅子，就是在那一个瞬间，她发现了他。

灯光照着她的脸，她脸上有一丝被拆穿后的歉意，很快，她吐了吐舌头，试图用撒娇来缓解，陈述没有接她的招，等她小步小步走到他面前，陈述才站起来，他想，他要撑着唱完一段黑脸，于是费力皱着眉。

“我，我真的是，临时过来的。”她伸手过来要拉他手腕，陈述想避开，握了握拳，还是不忍心，由她拉着。

她将他往摄影棚外带。

“生气啦？”

陈述不语。

“哎，别生气呀，”傅睿白见他无法攻破，转头摸上自己的肚子，“宝宝，爸爸生妈妈的气了，你说怎么办呀？”

她语气甜腻，是陈述过去没有见过的一面，记不清具体是从什么时候开始的，她很会使用“撒娇”这一招，简直张口就来。

陈述不愿意承认但不得不承认，他受不了她撒娇，完全顶不住。

一桩本该拿来树典型的事情就这样被她搪塞过去，还是隔几天去陈述爸妈家吃饭，父母问起傅睿白的工作状况，陈述替她撒了谎，两人回家途中，陈述才郑重重提：“不要再去棚里了。”

“医生说——”

“医生说了百分之百没事吗？”

“没有。”

“我爸妈今天会问，肯定也是在哪儿听说了，你现在在圈内是个人物，挺着大肚子也要亲自跑摄影棚，以前圈里可没这号人。”

“爸爸讽刺妈妈。”傅睿白又使出杀招。

“认真点，把这个问题讲完。”

“好，讲完。”

“不去棚里。”

“那万一出事——”

“你自己做管理应该很明白，如果你的公司，你的团队因为你不在就出事，那这个团队也注定走不长。”

傅睿白沉默。

“我最近把新店选址，入驻的事情都交给任非了。”

“啊？”

“很多事情做到头会发现，都是人的执念，你不执，事情就好办了。”

傅睿白看着他，没说话。

陈述乘势追击：“听我的，咱们先平平安安把孩子生下来，生完你要上天入地都行，我不管。”

傅睿白“扑哧”一声笑了，陈述也笑，车还在开着，她突然就伸手过来捏了捏他的耳朵，继而是他的鼻子，那一点淡淡的温度传递着很多无法言表的东西，陈述感受到了，懂了。

他知道，这件事以后不用再提了。

（6）为人父

陈之予出生之后，陈述以光速消极怠工了，“一味陈香”的运营管理全部交托给任非，他只定期听个汇报，往常他最关心的菜品研发都不再能把他从女儿身边拉走。

这种奇怪的性格改变，陈述也弄不大懂，他对自己的人生、婚姻，哪怕爱情，多数时候都能捋出个道理来，所以总被身边的朋友和同事称赞“通透”。可是对于女儿的感情，除了血脉相连的羁绊，还有和傅睿白之间的感情加成，变得更加无法厘清，无法被归纳总结成任何一种道理了。

已经生育的朋友说，陈之予是个天使宝宝，不大哭闹，也不大难为父母，陈述没有带过其他人的小孩，得不出比较，反正他看自己的女儿怎么都看不倦。

家里虽然请了阿姨照顾孕妇和孩子起居，很多与孩子相关的琐事，陈述但凡有空，都要亲力亲为。女儿的每一秒成长瞬间对他来说都新奇有趣，为了给女儿拍照，他买了更专业的相机，不同的角度需要不同的镜头，

傅睿白在旁直嚷：“我要吃醋了。”

陈述就会抱抱她，说：“谢谢你。”

“谢谢我，但还是更爱女儿，对吗？”

“不一样。”

“怎么不一样？”她竟真的较起真来。

“她，太奇妙了。”

“我呢？寡淡了吗？”

“为什么要这么想呢？如果不是你，她对我来说，不会有这么多的意义。”

“如果不是我，是别的女人，也会有这么多的意义。”

陈述抱紧她，想让她知道自己对她的在意：“没有如果，没有别人，陈之予身上带了你和我结合的基因，是她的出生和存在，让我觉

得，这世界上两个原本完全无关的人能因为相爱而产生联结，这层联结还能通过生育得到传递。我不知道该怎么跟你表述你才能更明白，但希望你清楚，我爱之予，追根究底也是源于对你的爱。”

傅睿白依偎在他怀里，许久没有说话，陈述拍拍她的背，想知道她在想什么，却听见她“咯咯”一声低笑，更加意味不明了。

生产之前，她极其坚韧，以至于陈述全然想象不到她也会有脆弱的时刻——是在产房，经历了几乎一天一夜的折磨，孩子终于顺利降生之后，她哭了，陈述一开始以为她是幸福地哭，还说想把孩子抱给她再看看，结果她只是摇头，哭着说：“好累好累。”

她虚弱得让陈述觉得剜心割肉地疼，当时就想，再也不要让她受这样的苦了。

一眨眼，陈之予大了些，满月、两个月、三个月、半岁，她越来越可爱，占据陈述手机相册的存储空间越来越多，他就渐渐忘了傅睿白的生产之苦。

傅睿白也总有她的方式提醒他。

“陈老师，我腰好痛。”入睡前，她偶尔会大剌剌地侧躺着，示意他给自己按摩，陈述每每想犯懒，就会听到她接下来的话，“唉，为什么腰老痛呢？明明以前挺好的啊，生完孩子就这样，人体啊，真是脆弱。”

陈述只好老老实实当技师。

又或者当陈述花太多精力陪陈之予了，傅睿白就会故作阴阳怪气：“哟！这是谁啊？女儿奴老师？”

陈述总是哭笑不得。

当然，这些都是产假期间的趣事，产假一完，傅睿白的工作发条就立刻上好了。虽然陈述对工作还是持续怠惰，陪女儿变成他的主业，但傅睿白却很快接了一档新节目，又开始一轮又一轮的提案、头脑风暴，早出晚归，产假期间长的一点点肉，在她复工不到半年，就已全部消失。

陈之予周岁那天，傅睿白的节目要上新的一期，她在公司实时盯数据，晚上八点多才驱车赶回家。彼时，生日流程已过半，大家都体谅她，给她留了切蛋糕环节，当时，陈述抱着陈之予在旁，他看得出来傅睿白是高兴的，但她很疲惫。

周岁宴结束，两人依次送走亲朋好友，傅睿白父母帮忙收拾家里，阿姨给陈之予洗澡，陈述哄完她睡觉，时间已经快到凌晨。

陈述进房间，傅睿白不在，转手打开旁边书房的门，她还在听语音，聊的当然都是工作。她没有开书房的灯，只开了一盏台灯，盈盈一点光，衬得她身形瘦弱，陈述想说什么，又觉得不合适打扰，抬手摸到墙上开关，嘀嗒一声给她开了灯。

傅睿白察觉，扭转过头来。

陈述没有回应她的视线，转身进了房间。

没过多久，傅睿白摸黑上了床，陈述背对她躺着，感觉到她小心翼翼地贴近，最终伸手缠上自己。

陈述不语。

“生气啦？”傅睿白问，用她不常对外人使用的撒娇口吻问。

“没有。”

“节目新一期上了热搜，运营同事紧张，所以问我比较多。”

“嗯。”

“女儿对我来说也很重要，你不要怀疑，只是——”

“只是工作优先级更高。”陈述戳穿她。

傅睿白没说话，陈述以为她在自我反省，没想到过了片刻，听见她说：“工作更需要我。”

陈述心头一怔，骤然想起两人间很多被忽略的场景和没有展开的话题。那一刻，他不由自主地在黑暗中准确抓住了她的手，随后，他翻过身去，和她面对面，屋里没有开灯，也不知道是哪里的光亮，照出她影影绰绰一点轮廓，陈述用手指顺着她的轮廓临摹，情不自禁地说：“我需要你。”

傅睿白一头钻进他的怀里。

“你只需要女儿。”她闷声说。

“胡说。”

“跟自己的亲生女儿争风吃醋实在太丢脸了。”傅睿白声音渐沉，“可我真的觉得，你现在都不在我身上花心思，你没有那么多的注意力给我了，我每天要说服自己接受这个现状，你又不是出轨，为什么要计较，可是，说服起来真的好难。”

陈述用力再抱紧她，为自己的粗心感到懊悔。

“我也没想到我会变成这样，对不起。”傅睿白说。

“对不起的是我，我，”话说得太急，陈述一时没找到可以接的话，急中生智地道，“是我太没见过世面了，没生过孩子。”

傅睿白果然就笑了，她的笑声“打”在他的胸腔上，一股暖热。

“下次不开心，在意，要说，跟我说，问题说出来才能引起重视，继而讨论，最后解决，不要憋着自己。”

“好。”

“之前我总说陈之予是一个天使，她确实是一个天使——”

“你又来了！”

“我的意思是，她之所以能是天使，是因为她是另一个天使的孩子啊。”

“好肉麻。”傅睿白毫不客气地评价道。

“那我换一个说法？”

“我听着呢。”

“我再爱陈之予，再关注她，等她长大了，也会有自己的生活和世界，会离开，只有你，是我相伴一生的人。”

“合着我就是个伴，要等你女儿长大了走了才有价值。”

“你要这样抬杠的话，我就不客气了。”

“你要怎么不客——啊！陈述！你太坏了！”